Für Lucas, Caroline, Constance, Feliciano, Jonas,
Janaina, Larissa, Maxence, Vanessa und Nolann

FSC
www.fsc.org
MIX
Papier aus ver-
antwortungsvollen
Quellen
Paper from
responsible sources
FSC® C105338

Die in diesem Buch erzählte Geschichte ist ein reines Fantasieprodukt des Autors. Alle eventuellen Ähnlichkeiten mit lebenden oder auch verstorbenen Personen sind rein zufällig. Lediglich aus der tatsächlichen Ortsgeschichte wurden mehrere gewisse Episoden ausgeliehen. Herauszufinden, welche das sind und welche nicht, das bleibt dem heimatkundigen Leser überlassen.

Bibliografische Information der Deutschen Nationalbibliothek. Die Deutsche Nationalbibliothek verzeichnet diese Publikation in der Deutschen Nationalbibliografie; detaillierte bibliografische Daten sind im Internet über www.dnb.de abrufbar.

Sie erhalten dieses Buch:

in Windeck, Waldbröl und Eitorf: im örtlichen Buchhandel sowie bei Dr. Frieder Döring, Auf der Teichhardt 15, 51570 Windeck, Tel.: 02292 959790, E-Mail: frieder.doering@freenet.de

im Rest der Welt: über den Buchhandel sowie bei www.bod.de

Titelbild: Christa Döring, Acryl auf Leinwand, 2013 • Umschlaggestaltung, Satz, Layout: Roland Reischl • Überarbeitete Neuauflage der Originalausgabe (Roland Reischl Verlag, Köln: 2013) • © 2015 Frieder Döring • Herstellung und Verlag: BoD, Books on Demand, Norderstedt • ISBN: 978-3-7386-3536-2

Frieder Döring

Eburonengold

Windeck Historien-Krimi

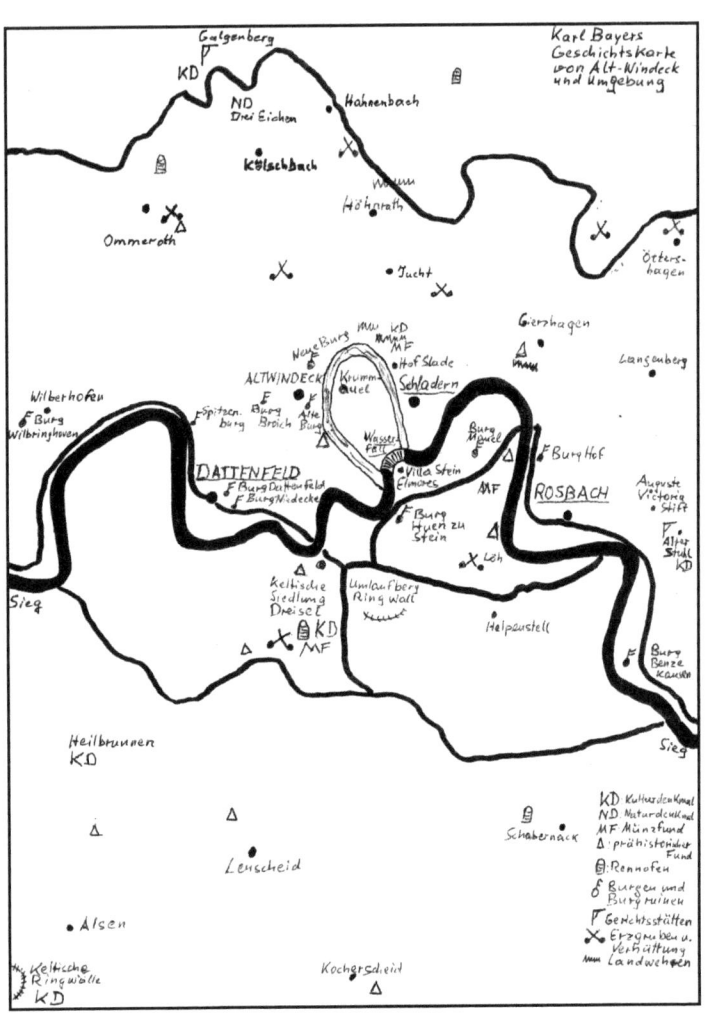

Karl Bayers
Geschichtskarte
von Alt-Windeck
und Umgebung

Galgenberg
KD
ND
Drei Eichen
Hahnenbach
Kölschbach
Höhnrath
Ommeroth
Jucht
Öttershagen
Gierzhagen
Langenberg
WegeBurg
KD
MF
Hof Slade
ALTWINDECK
Krummel
Quel
Schladern
Wilberhofen
F Burg
Wilbringhoven
Spitzen-
burg
Burg
Broich
Alte
Burg
Wasser-
fall
Burg
Mauel
F Burg Hof
DATTENFELD
F Burg Dattenfeld
F Burg Nidecke
Villa Stein
Elmores
MF
ROSBACH
Auguste
Victoria
Stift
F
Alter
Stiel
KD
Sieg
F Burg
Huen zu
Stein
Leh
Keltische
Siedlung
Dreisel
Umlaufberg
Ringwall
Helpenstell
Burg
Benze
kauren
KD
MF
Heilbrunnen
KD
Sieg
Schabernack
Leuscheid
Alsen
Keltische
Ringwälle
KD
Kochersdreid

KD Kulturdenkmal
ND Naturdenkmal
MF Münzfund
△ prähistorischer Fund
Rennofen
Burgen und Burgruinen
F Gerichtsstätten
✕ Erzgruben u. Verhüttung
Landwehren

INHALT

Einführung

Auf die Idee, einen Krimi zu schreiben, kam ich, als ich pensioniert wurde. Ich war mit meiner Frau zurück in unsere alte Heimat gezogen. Unsere jüngste Tochter, die damals in Reims studierte, war zu Besuch. Wir fuhren mit ihr durch die Gegend, um ihr die Sehenswürdigkeiten des Windecker Ländchens zu zeigen.

Ich erzählte ihr auch von einigen Orten, an denen Verbrechen, wie Morde, begangen worden waren. Ich wollte ihr damit zeigen, dass die Region eine bewegte Geschichte erlebt hat, die sogar mal was mit Reims zu tun hatte (siehe Kap. VIII). Und dass es auch in abgelegenen Dörfern durchaus nicht immer so ruhig und beschaulich zugeht, wie die Städter oft glauben. Sie meinte – nach Aufzählung von mindestens fünf Morden, die hier passiert sind –, ich solle doch mal einen Krimi aus der Region schreiben.

Da ich aber an Morden nicht so sehr, dafür mehr an Geschichte interessiert bin, hab' ich jetzt das Genre der Windeck Historien-Krimis eingeführt, gemeinsam mit meinem Hobby-Historiker-Freund Karl Bayer, der in dieser Hinsicht noch einiges durchmachen muss. Denn, wie gesagt, in den Dörfern ist mehr los, als man glaubt, weil das Windecker Ländchen tatsächlich seit der Altsteinzeit ein bewegtes Leben hatte und hat.

Denn es war und ist immer eine interessante Grenzzone gewesen zwischen Norden und Süden – mit Grenze Sieg – und zwischen Westen und Osten mit der Grenze Porta Rhenania (Tor zum Rheinland), dem Bergeinschnitt („slade") bei Schladern, von dem das Dorf seinen Namen hat. Außerdem war das Gebiet seit der Bronzezeit heiß umkämpft wegen seiner Erze, die früher offen zu Tage traten.

Deswegen gibt es geschichtlich jede Menge zu entdecken hier, was jetzt der Herr Bayer für mich macht, wobei man ihm nachsehen muss, dass er ein Dilettant ist, mit dem manchmal die Fantasie und die Fabulierfreude durchgehen. Auf einigen meiner Wanderungen in den schönen und geheimnisvollen Wäldern um Windeck herum begegne ich ihm immer wieder mal an abgelegenen und geschichtsträchtigen Plätzen, wie den Ruinen der alten Rittersitze, und wir kommen ins Gespräch über unsere gemeinsamen Interessen. Er bot mir mal an, meine historischen und kriminalistischen Forschungen mit zu bearbeiten, was ich ihm gerne überlassen habe.

Meiner Tochter, wie allen Kindern und Enkeln, habe ich natürlich auch den Schladerner Wasserfall gezeigt, und als wir vor dem großen schmiedeeisernen Tor der herrschaftlichen Direktorenvilla der früheren Kupferrohrfabrik Elmores standen, klang uns aus deren Fenstern klassische Klaviermusik entgegen, die sich aufs Angenehmste mit dem Bordun-Rauschen des Wasserfalles mischte. Ich konnte ihr berichten, dass dieses schöne Gebäude samt umliegender Industriebrache jetzt glücklicherweise wieder von einem Kunstliebhaber belebt worden war und in ein Kulturzentrum umgewandelt werden sollte.
Beim Weitergehen wies sie auf die unter uns liegenden Industrieruinen und meinte, die sähen ja aber doch recht gruselig und nach Krimi aus. Das konnte ich nur bestätigen. Ich erzählte ihr von unseren Banden-Abenteuern in meiner Kindheit hier, und dass diese schönen Abenteuergeschichten für mich bis heute noch die Landschaft und ihre Bebauung prägten und wie mit einem Film überzögen.

Daraus ist dann Karl Bayers erstes Geschichts-Abenteuer entstanden, und ich muss alle derzeit Lebenden, die vielleicht glauben, sich darin wiederzuerkennen, für solche Irrtümer um Verzeihung bitten, da die Unschärfen in den Zeiten, den Orten und den Charakteristiken zwar gewolltes Stilmittel sind, aber dennoch alles ein reines Fantasieprodukt ist.

Insbesondere alle in dieser erdachten Geschichte enthaltenen Personen und ihre Handlungen sind vollständig frei erfunden, und Ähnlichkeiten mit Lebenden oder Verstorbenen sind rein zufällig. Auch an die geschichtlichen Details darf man keine wissenschaftliche Messlatte anlegen. Wer sich ernsthaft dafür interessiert, möge alles genauer prüfen und bei Bedarf korrigieren.

Karl Bayer und mir ging es in erster Linie darum darzustellen, dass dieses Windecker Ländchen und seine Umgebung voller spannender geschichtlicher sowie naturkundlicher und auch menschlicher Geheimnisse ist.

Windeck, im November 2013

Frieder Döring

I

Nah dran

Das war jetzt kein Zufall gewesen, sondern das Ergebnis jahrelanger Überlegungen und Recherchen. Es musste einfach weitere Hinweise und Funde geben, die die umstrittene keltische Besiedelung des südlichen Siegufers bestätigten. Und das war jetzt geschafft! Er hatte einen solchen Nachweis geführt. Und das nicht einmal durch unverschämtes Glück. Es war der Erfolg seiner Berechnungen und Studien. Aber die Sache hatte einen Haken: Der entscheidende und überwältigende Schatzfund war verschwunden!

Vor einer Woche hatte er, Karl Bayer, leidenschaftlicher Hobby-Historiker und Rentner, die Wahnsinns-Entdeckung gemacht, und zwar genau da, wo er sie nach jahrelangen Forschungen auch vermutet hatte: in einer kleinen Höhlung auf dem Dreiseler Umlaufberg Beuel. Die war natürlich zugeschüttet gewesen, und er hatte oft genug schon diese Umgebung abgesucht auf die Siedlungsrelikte. Aber erst der Einsatz eines Mini-Metalldetektors, eigentlich ein Spielzeug, das er seinem Enkel Miro schenken wollte, hatte den endgültigen Erfolg gebracht.

Er war selbst überrascht gewesen, als das Ding auf einmal piepste. Vorher war er schon zum wiederholten Male um die Bergkuppe herumgelaufen und hatte sich die vielen Steinbrocken angesehen, die dort lagen und die seiner Meinung nach ziemlich sicher von einer Umfassungsmauer nach keltischem Baumuster stammten. Denn von solchen waren immer nur die Bruchsteine übrig geblieben, da das Fachwerkgerüst, in dem sie geschichtet wurden, längst verrottet war. Und von dem Bergfelsen selbst schienen sie nicht abgewittert zu sein, denn der lag weit unter einer metertiefen Waldhumusschicht.

Es war ein schönes, sonniges Frühjahr. Der Boden war trocken und locker, also gut für seine Absichten geeignet. Ein etwas größerer Steinhaufen hatte sich in einer Senke angesammelt, wie man sie ringsum in den Wäldern häufig findet, meist sogenannte Bombentrichter aus dem letzten Jahr des Zweiten Weltkrieges. Und tatsächlich hatten ja die Amerikaner ein Stück oberhalb von hier in Obersaal eine Artilleriestellung gehabt und von dort das Schloss Windeck gegenüber in Brand geschossen. Da hätte eine verirrte Granate auch leicht mal den Dreiseler Berg treffen können.

Aber ein Steinhaufen war immer interessant und verdächtig. Also der Detektor ran und: piep, piep, piep! Vorsichtig räumte er die Steine beiseite, inspizierte jeden genau auf Einwirkungen von Menschenhand, kam in der nun tieferen Mulde auf feuchten Waldboden, schaltete den Detektor ein und: piep-piep-piep! Das klang nach was Besonderem. Mit der kleinen Gartenschüppe scharrte er das Laub und den Humus auf, grub tiefer und traf nach etwa 50 Zentimetern auf gewachsenen Fels. Wieder piep-piep! Also weiter. Es dauerte noch eine halbe Stunde, bis er mit seinem Gartenwerkzeug einen größeren Felsspalt freigelegt hatte, der mit Erde zugestopft war.

Jetzt konnte er mit dem Arm in das entstandene Loch reingreifen und nach und nach diverse Gegenstände darin fassen und herausziehen. Erst einen Eisenkrampen, ungefähr zehn Zentimeter lang und wie für eine Kastenbeschlag, dann ein stark oxidiertes Bronzegebilde, drei Zentimeter breit und einer Fibel ähnlich, wie er sie ganz früher mal an der Alten Burg Windeck gefunden hatte. Als Drittes griffen die tastenden Finger ein kleines Metallteil, das nach dem Rausziehen erst schwärzlich schien, jedoch nach mehrmaligem Reiben rötlich bis golden aufblinkte: das war ganz offensichtlich ein Regenbogenschüsselchen, diese typische keltische Münze, nur etwa anderthalb Zentimeter im Durchmesser, leicht gewölbt und mit je einer Bildprägung auf beiden Seiten.

Heureka! Das war's ganz besonders, wonach er immer gesucht hatte! Jetzt war es endgültig klar: Die Kelten hatten hier gesiedelt! Der damalige erste Fund eines Regenbogenschüsselchens im nahen Hof Stein, als dieser wegen der

Felssprengung am späteren Wasserfall um 1857 herum abgerissen wurde, war kein Zufall, sondern ein wichtiger Hinweis, dessen sicher noch geschichtsträchtigeres Umfeld leider mit der Sprengung vernichtet worden war.

Später kam die Bauzeitbestimmung der Ringwälle bei Stromberg/Alsen auf mindestens ein Jahrhundert vor der Zeitenwende, und sie wurden den Sugambrern zugeordnet. Das war ein ursprünglich rechtsrheinisch zwischen Lippe und Sieg siedelnder Germanenstamm, der aber schon lange mit den Keltenstämmen des Westerwaldes und der Eifel, den Eburonen, gegen die Römer zusammengearbeitet hatte. Und sie hatten sich mit ihnen an den Grenzen stark vermischt, wie bereits die Ubier auf der anderen Rheinseite.

Und schließlich 1980 die Ausgrabung einer Latènezeit-Siedlung in Dreisel im Sieguferbereich, die ihn ja auf die Idee gebracht hatte, dass der nahe gelegene alte Dreiseler Umlaufberg ein ideales Gelände für eine Fliehburg der dortigen Talsiedler hätte sein müssen. Jetzt war es bewiesen: Sie hatten da eine kleinere Ringwallburg errichtet, und sie waren Kelten oder auch keltisch-germanische Mischstämme gewesen mit keltischer Kultur und keltischen Münzen.

Also diese Goldmünze wollte er erst mal mitnehmen, denn ihre Prägung erschien ihm sehr ungewöhnlich. Kein Pferde-Ornament, kein Herrscherbild, eher ein abstraktes Symbol mit drei Punkten und drei Linien, es war alles noch verschwommen durch Verschmutzung und Oxidation. Er wollte es zu Hause erst reinigen und es dann versuchen einzuordnen mit Hilfe des Internets. Die übrigen Objekte legte er zurück. Er wusste um die Wichtigkeit der genauen Fundsituation, um deren zeitliche und kulturelle Position bestimmen zu können, und das wollte er Fachleuten überlassen. Er war doch kein Raubgräber!

Und jetzt das! Karl war verzweifelt. Er lebte ja nicht weit entfernt in Schladern am Bahnhof mit seiner Frau und den regelmäßigen Kinder- und Enkelbesuchen. Am nächsten Tag war er schon früh morgens eilig wieder hinmarschiert, um alles noch genauer zu inspizieren und womöglich den Felsspalt zu erweitern, da sah er gleich die Bescherung: Es war jemand da gewesen, hatte den Boden ringsum aufgewühlt, die Felsbrocken auseinandergerissen und eine große Höhlung freigelegt, einen Meter im Durchmesser und einundhalb Meter tief, in der er jetzt nichts Wesentliches mehr fand außer Waldboden und losen Steinen. Die Tränen schossen ihm in die Augen. Dieser sein Jahrhundertfund! Nun restlos weg, geklaut, geräubert, bevor er ihn hatte noch genauer besichtigen können, geschweige denn den Experten des Rheinischen Landesmuseums melden, um wenigstens die Finderehre zu kassieren!

Was gab es doch für Schurken! Was war damit an archäologischen Forschungsmöglichkeiten vernichtet? Was sollte er jetzt machen? Das konnte er nicht auf sich beruhen lassen. Er musste die Räuber erwischen, und wenn er Nacht um Nacht hier auf der Lauer liegen müsste. Denn wiederkommen würden sie, da war er sicher. Wer einmal so einen Fund gemacht hatte, der würde weiter suchen. Und plötzlich erinnerte er sich, dass er vor zwei Jahren schon mal eine verdächtige Beobachtung gemacht hatte.

Da war er morgens sehr früh zum Pilzesammeln losgezogen. Er hatte sich dabei auch noch ein bisschen umgucken wollen an den Ringwällen bei Alsen und hatte von weitem drei Leute innerhalb der Ringwallburg herumlaufen sehen. Zwei Männer und eine Frau. Einer der Männer hatte, nachdem sie ihn entdeckt hatten, ein Gerät mit einem Metallring, eindeutig ein größerer Detektor, in eine Art Seesack verstaut. Er hing ihn sich um, und die drei liefen zum südlichen Wirtschaftsweg runter, stiegen in einen dunkelblauen, alten Landrover und düsten ab.

Karl hatte sich damals nicht weiter drum gekümmert, da er das Nummernschild nicht hatte lesen können. Und er hatte schon früher Spuren von eigenartigen Aktivitäten an den Ringwällen beobachtet. Unter anderem waren da Steinpyramiden und Steinkreise aufgeschichtet gewesen, dazu Feuerstellen und Altäre mit Blumenschmuck, sodass er auf Zeremonien und Rituale von Esoterikern oder Retro-Gruppen geschlossen hatte. Aber auch einen blauen Geländewagen hatte er mal von Ferne auf einem Waldweg gesehen. Landrover oder nicht, das konnte er jetzt nicht mehr sagen. Er hatte ihn für einen Forstwagen gehalten.

Aber ein blauer Geländewagen war doch auch schon mal anderswo aufgetaucht. Wo war das nur gewesen? Während er Spuren suchend das Gelände abschritt, arbeitete die Erinnerung weiter. Schließlich hatte er das Wiesengelände zum südlichen ehemaligen Siegbogen erreicht und bückte sich, um sich das Profil von Fahrzeugspuren auf dem Zufahrtsweg anzusehen. Das waren keine Treckerreifen gewesen, wie sie hierhin gehörten, das waren grobstollige Geländewagenreifen. Das Muster war sehr deutlich zu erkennen.

Und da fiel es ihm schlagartig wieder ein. Einen blauen Landrover hatte er vor ungefähr sechs Monaten in der großen, sonst leeren Montagehalle der Industriebrache der fast unübersichtlichen alten Kupferrohrschmiede Elmores-Kabelmetall am Wasserfall in Schladern flüchtig wahrgenommen. Er hatte sich wieder mal bei einem Spaziergang ein bisschen umgucken wollten, da ihn diese etwas gruselige Szenerie dort, in der einige wenige, aber sehr merkwürdige Aktivitäten vorgingen, immer neugierig gemacht hatte.

II

Industriedschungel

In seiner Kindheit war es Karl schon wie eine Expedition in den Dschungel vorgekommen, die gelegentlichen heimlichen Banden-Besuche in der Elmores-Kupferrohrfabrik hinter dem Schladerner Wasserfall. Schon damals hatten sie mit ihrer Oberdorfbande eine Art Geheimweg dorthin ausbaldowert. Aus zwei Gründen: Erstens konnten Kinder nicht einfach zum Haupttor reinmarschieren und sich umgucken, die wurden achtkantig wieder rausgeschmissen. Und zweitens stromerte rund um den Wasserfall die Unterdorfbande herum, und die hatte auch die beiden Elmores-Eingänge im Blick, und wehe, einer oder mehrere vom Oberdorf tauchten dort auf, dann war der Bandenkrieg unvermeidlich und es war nix mehr mit Werksinspektion.

Jetzt erinnerte sich Karl wieder genau an diese schönen Erlebnisse einschließlich der herrlichen Kampfszenerien. Die ziemlich häufigen Industrie-Dschungel-Expeditionen hatten sie sich immer so kompliziert wie möglich gemacht, um die Abenteuergeschichten ausdehnen zu können. Meist an Samstagnachmittagen, wenn nur noch eine kleine Wachmannschaft im Werk tätig war, ging es am Eisenbahnweg, der noch zu ihrem Territorium gehörte, Richtung Einschnitt.

Dort über die Straßenbrücke, wobei, wenn möglich, von allen Jungs auf darunter hersausende Eisenbahnwaggons gespuckt werden musste, wenn möglich. Dann auf den Auelsberg, den sie Schönecker Berg nannten, um an seinem Ostabhang oberhalb des Krummauels, dem alten Siegarm, schließlich auf Wildwechselpfaden in Richtung Schöneck zu gelangen.

Die andere Variante wurde nur ab und zu mit einigen handverlesenen erfahrenen Kletterern genommen. Dafür ging's den Schönecker Berg bis zur Kuppe hoch, über diese weg bis zum oberen Ottersteinfelsen, an dem entlang eine haarsträubende Kletterpartie in den 20 Meter tiefer liegenden Steinbruch führte. An dessen Nordseite musste wieder hochgeklettert werden – auf die Kuppe des Kolbenberges zum Aussichtspavillon – und von dort zur Dreiseler Brücke runter.

Die ungefährlichere Route übers Krummauel nach Schöneck war aber auch abenteuerreich genug. Man kam unter Umgehung aller Außenposten der Unterdorfbande und der frei laufenden Wachhunde des Bauernhofs Gauchel kurz vor die Ruine des Mausoleums. Das hatte damals noch Wände. In ihm wachte ein steinerner Engel über einem Sarkophag. Das Mausoleum musste natürlich immer wieder neu auf gruselige Funde untersucht werden. Am liebsten wäre ihnen ja ein Menschenschädel gewesen, aber der steinerne Sarkophagdeckel war für sie leider unverrückbar.

Dann ging's weiter zum unteren Otterstein, einer damals beliebten Badestelle vor allem für Liebespaare, die man gelegentlich belauschen und beäugen konnte. Dann weiter unterhalb des Steinbruchs zu den riskanten Felsnasen des Kolbenberges. Bei Niedrigwasserstand im Sommer konnte man die auf herausragenden Fluss-Steinen springend umgehen, ansonsten musste man hie und da durchs Wasser waten, um schließlich an der Dreiseler Brücke anzukommen. Die wurde einzeln und hastig überquert, um bei neugierigen Dorfbewohnern keine Aufmerksamkeit zu erregen. Dann, am südlichen Siegufer entlang, ging es wieder Richtung Schladern zurück. Erst über ein paar Weiden, auf denen meist junge Bullen standen, die beim Torero-Spielen gerne mitmachten. Danach kam der Hangwald des Steiner Berges, oder Grängelsberges, der trotz der verbliebenen Pfade zur mittelalterlichen Burg Huen, von der nur ein paar Steinhaufen übrig waren, einige Bergsteigerqualitäten erforderte.

Und schließlich gelangte man auf den hinteren Anglerweg am Steilufer der Sieg und konnte über diesen bequem und ungesehen an das mitten im Wald umzäunte Werksgelände von Elmores kommen. Dort ging der Weg, der eh nur von

Werksangehörigen benutzt wurde, durch ein Törchen ins Gelände rein. Das war natürlich abgeschlossen, aber ziemlich verrostet. Deshalb hatten sie das alte Drahtgeflecht leicht hochbiegen können, um durchzuschlüpfen und es dann auch wieder unauffällig an seinen Platz zu fummeln.

Jetzt brauchte man nur noch den Waldteil des Geländes und die kleine Brücke über den Abflusskanal an der Wasserkraftturbine zu durchqueren und war schon im hintersten, kaum genutzten und überhaupt nicht bewachten Gebiet der Anlage angekommen, also im eigentlichen Dschungel. Denn jetzt galt es, sich wie Indianer auf Kriegsfuß zu verhalten. Die paar Wachleute, die da hin und wieder, zum Glück ohne Hunde, durchs Gelände streiften, mussten rechtzeitig erkannt und gemieden werden. Dazu hatten sie die entsprechenden Verstecke mit der Zeit schon alle ermittelt. Und sie selbst mussten natürlich lautlos sein und durften sich nur mit Zeichen verständigen.

Unter diesen Bedingungen konnten sie sich dann ziemlich frei im Industriedschungel bewegen. Und das hatte Karl jetzt auch wieder vor, nachdem er sich die „Geheimwege" von damals rekapituliert hatte. Inzwischen hatte sich natürlich einiges verändert. Die Firma Elmores war danach über 30 Jahre lang als die „Kabelmetall" fortgeführt und dann stillgelegt worden. Die spätere Industriebrache war zeitweise herrenlos gewesen, dann hatten zwei, drei Investoren vergeblich versucht, ihr neues Leben einzuhauchen. Inzwischen war wieder einer hoffnungsvoll damit zugange und bewohnte sogar die alte Verwaltungsvilla über dem Wasserfall.

Und dieser hatte die Villa mit vielen Kunstwerken innen und Skulpturen außen verschönert, was man sowohl vom Aussichtspavillon diesseits als auch vom Steinerbergweg jenseits des Wasserfalls aus gut einsehen konnte. Anfangs seiner Tätigkeiten waren die Tore zur Villa und am Ende der alten Werksbrücke noch offen gewesen. Man konnte im

Gelände herumspazieren und sich die Aktivitäten diverser offizieller oder inoffizieller Untermieter anschauen. Das hatte er ein paar mal getan und gestaunt über das bunte Leben in den ziemlich lädierten und abgewrackten Fabrikhallen und Nebengebäuden.

Da war die Halle mit dem Paintballclub. In der ging es wirklich bunt zu. Überall verteilt Kleckse in leuchtenden Farben. Außerdem eine Mini-Autoreparaturwerkstatt und eine Halle mit Zirkuswagen, vorne wieder eine andere mit Monstergeländewagen für Crash-Autorennen sowie eine Wohnwagen-Kolonie im hintersten Winkel. Nur die allergrößte Montagehalle war weitgehend leer gewesen – bis auf den blauen Landrover in einer Ecke, der ihm deshalb auch so in der Erinnerung haften geblieben war. Und den wollte er suchen.

Nun waren aber mittlerweile alle Tore verschlossen. Also kam jetzt wieder mal der Geheimweg ins Spiel. Dazu brauchte er den Umweg über den Schönecker Berg und Dreisel nicht mehr zu machen. Von der Unterdorfbande waren nicht mehr viele übrig. Die lauerten auch nicht in der Gegend herum, und wenn doch, hielt man nur noch ein nettes Schwätzchen miteinander über die schönen alten Zeiten. Nein, diesmal marschierte er, wie ehedem am Samstagnachmittag, über die Maueler Brücke direkt zum Steiner Berg hoch und am Werkszaun entlang zu dessen Ende. Dann ein paar Schritte runter, und schon konnte er in das ominöse Törchen reinspazieren, das jetzt völlig verrostet und halb offen in den Angeln hing.

Von dort lief es sich wie von selbst den alten Schleichweg lang über den Turbinenkanal bis ins Hallenterrain. Natürlich schlich er auch jetzt wie die Indianer von damals. Denn erstens wollte er nicht gesehen werden, und zweitens war er nicht sicher, auf welche merkwürdigen Nutzer des Geländes er stoßen würde, und wie die sich unangemeldeten Besuchern gegenüber verhalten würden. Im hintersten

Winkel zwischen Kanal und Sieg standen zwei alte Militär-
laster und ein ziemlich kaputter Wohnwagen vor dem ehemaligen Hausmeisterhäuschen. Dies schien irgendwie
bewohnt zu sein, wenn man nach den Gardinen und he-
rumstehenden Hausgeräten ging.

Die Bewohner zeigten sich nirgends, aber handwerkliche
Geräusche waren aus den vorderen Hallen zu hören. Lautlos betrat er die große Montagehalle von der Rückseite und
sah sich vom Törchen aus um. Einen blauen Landrover
konnte er nicht entdecken. Dafür weiter vorne aber zwei
teilweise demontierte Mercedes-Karossen. Eine stand auf
einer Hebebühne, an der gearbeitet wurde. Drei Monteure
in Arbeitsklamotten konnte er werkeln sehen. Karl wollte
sich schon vorsichtig zurückziehen, um eine andere Halle
zu inspizieren, als ihn eine raue Stimme von hinten an-
brüllte: „He, was machen Sie da?"

Die Stimme kam vom Hausmeisterhäuschen her. Als er
auch noch Laufschritte hörte, rannte er blitzschnell über
den Mittelgang in eine gegenüberliegende Halle rein, die
ihm leer erschien. Er gewahrte ein paar Schrottautos darin,
aber keine Menschen. Jetzt klangen von der Montagehalle
weitere Rufe auf, wie: „Darüber! In die Galvanisation!"

Weitere Schritte näherten sich. Da hatte er die Hintertür
entdeckt, sie war nur angelehnt. Er schlüpfte durch. Jetzt
befand er sich wieder am Turbinenkanal und rannte auf die
Brücke zu, um in das Waldgelände und auf seinem
Schleichweg zu entkommen.

Gerade war er auf dem Brückchen und schaute den Berghang hoch, als ihm von dort zwei Typen entgegenliefen mit
Knüppeln in den Händen. Schnelle Wendung, aber aus der
kleinen Halle hörte er auch schon Stimmen. Wohin jetzt?
Im Augenwinkel rechts sah er einen schmalen Gang zwischen niedrigen Schuppen – Karl rannte hinein. Nach zehn
Metern öffnete sich der Gang vor einem höheren Backstein-

bau, aus dem es stark dröhnte und rauschte. Offensichtlich war hier das Turbinenhaus. Die Tür war natürlich verschlossen. Seitlich sah er ein Schrägfenster halb offen stehen, und da er hinter sich schon wieder Schritte und Stimmen hörte, sprang er gleich dran hoch. Er zwängte sich bäuchlings durch, rutschte mit einem Plumps auf den Betonboden und zog das Fenster schnell hinter sich zu.

Das würde die Verfolger erst einmal aufhalten. Karl hatte Zeit, sich umzusehen und nach weiteren Versteck- oder Fluchtmöglichkeiten zu suchen. Es war ziemlich dunkel und sehr laut hier drinnen. Das Wasser rauschte von weiter oben in einen Turbinenschacht – und der Generator arbeitete mit dem tiefen Brummen eines Düsenantriebs. Er drückte sich seitlich an den Maschinen vorbei Richtung Wasserstrom und erkannte, nachdem sich die Augen ans Dunkle gewöhnt hatten, dort gleich seine Chance, doch noch heil davonzukommen und nutzte sie auch sofort.

III

Höhlenwelt

Neben dem großen Kanalloch, aus dem das Wasser brüllend hervorschoss, gab's rechts einen schmalen, betonierten Steg, auf den Karl jetzt hochkletterte. Er hangelte sich an einem niedrigen Geländer entlang in die total finstere und rauschende Wasserhöhle hinein. Zum Glück hatte er seine kleine Taschenlampe dabei, die zwar nicht viel Licht gab, aber so konnte er wenigstens jeweils ein bis zwei Meter vorausschauen. Karl hatte als Junge nie daran gedacht, dass der Turbinenkanal unter dem Steiner Berg von einem begehbaren Steg begleitet sein könnte.

Aber natürlich musste dieser Felsdurchbruch auch gewartet werden können, zum Beispiel, wenn durch Hochwasser größere Teile wie Äste oder Baumstämme über den Einlaufrechen hinweg in den Kanal gespült wurden und sich dort festsetzten. Aber wo, oder ob überhaupt dieser Steg wieder an die Oberfläche kam, dazu konnte er sich keine Vorstellung machen. Denn am Siegeinlauf hatte er nie was Ähnliches gesehen, und sie hatten da als Kinder alles genau inspiziert.

Jetzt war er erst mal froh, seinen Verfolgern entkommen zu sein. Er war neugierig darauf, wo und wie es weiterging. Der Steg lag etwa einen Meter über dem Wasserstrom. Es war ja auch Niedrigwasser zurzeit. Er hatte bis zur Felsdecke fast Laufhöhe, sodass er nur leicht gebückt gehen musste. Aber der Lärm des Wassers war heftig und nahm, je weiter er vordrang, noch zu. Der Steg machte einen langen Bogen nach rechts, und Karl war jetzt etwa 20 bis 30 Meter in die Höhle vorgedrungen. Da sah er im Taschenlampenschimmer eine Vertiefung in der rechten Felswand und leuchtete sie aus. Es führte ein Abzweiggang da hinein, den er sofort beschritt. Nach nur zwei Metern ging eine in Fels gehauene Treppe hoch. Es wurde eng und niedrig. Er zählte 18 Stufen, bevor er mit dem Kopf an eine Holzdecke stieß.

Hoppla, war der Weg hier schon zu Ende? Im Taschenlampenlicht sah er Bretter über sich liegen. Und die waren lose, wie ein leichter Druckversuch bestätigte. Schnell hatte er drei beiseite geschoben und stieg durch das Loch hoch. Vorsichtig und gründlich beleuchtete er die Umgebung. Er befand sich offensichtlich in einer großen Felsenhalle, einer weiteren Höhle. Viel konnte er im kurzen und schmalen Strahl der Minilampe nicht erkennen, aber die Wände waren anscheinend betoniert oder verputzt. Ein paar Meter weiter war eine Nische in der Wand, in die er reinleuchtete. Zwei uralte Feldbetten standen darin sowie ein Tisch und zwei Stühle. Und auf dem Tisch standen zwei Gläser und eine halb volle Flasche Cola, und die sah sehr neu aus – oh Donner!

Vor nicht allzu langer Zeit waren hier auch schon andere gewesen. Also war es eine Art Versteck! Von wem, von was? Während er noch grübelte, hörte er unten im Zugangsschacht durch das Wasserrauschen hindurchdringende Stimmen. Verdammt, sie waren ihm doch nachgestiegen. Schnell legte er die Bohlen wieder über die Öffnung, zerrte eines der Metallbetten aus der Nische und stellte es auf die Bretter. Mehr als eine kleine Verzögerung würde das nicht bedeuten. Dann hastete er nach vorne ins Dunkle. Vor ihm verengte sich die Halle zu einem Höhlengang. Seitlich öffneten sich weitere Wandnischen. Karl stolperte auf den Gang zu. Der war mit einer halb offenen schweren Metalltür versehen. Er schlüpfte durch und drückte sie hinter sich zu. Toll, innen war eine Verriegelung angebracht. Ein großer Hebel, den er runterdrückte und in einen seitlichen Schnäpper einrasten ließ. Er atmete auf. Jetzt hatte er erst einmal Ruhe.

Karl sah sich mittels Lampe um. Er befand sich in einem ausbetonierten Höhlengang, von dem schon nach wenigen Metern links und rechts weitere Gänge abzweigten. Ein Labyrinth! Wo sollte er sich hinwenden? Es blieb ihm nix übrig, als überall reinzugucken. Hatte er dafür Zeit genug? Da fiel ihm ein, in was er geraten sein könnte. Natürlich, wieso war ihm das nicht vorher klar geworden? Das war ein

Ort, den sie schon als Kinder immer erforschen wollten, aber nie hineingekommen waren. Der berühmt-berüchtigte Luftschutzbunker von Elmores! Der führte schräg oberhalb des Turbineneinlasses in den Steinerbergfelsen. Der Eingang war aber immer mit einer schweren Metalltür verschlossen gewesen, sodass sie leider nie die Chance hatten, ihn zu inspizieren.

Alte Schladerner hatten erzählt, dass in den letzten Kriegswochen, als Tieffliegerangriffe häufig waren und schließlich die Amerikaner ihre Granaten über den Ort schossen, zwar die Elmores-Mitarbeiter im Bunker verschwanden, aber von der Schladerner Bevölkerung niemand mit hinein durfte, obwohl dort angeblich genug Platz gewesen wäre. Und logisch, dass man diese Bunkerhöhle mit dem seitlich darunterliegenden Turbinenschacht verbunden hatte, um leichteren Zugang zu haben. Oder war der Höhlengang von Anfang an schon als Zugang zum Kanal geschaffen worden und nur später der Ausbau zum Luftschutzbunker erfolgt? Der Begleitsteg des Wasserkanals konnte doch unmöglich am Turbineneinlass, etwa in der Höhe des Wasserspiegels, herauskommen.

Jetzt wurde Karl auch klar, dass er doch nicht mehr so viel Zeit hatte. Denn wenn seine Verfolger erkannt hatten, dass sie nicht mehr ohne Weiteres hinter ihm her konnten, würden sie natürlich umkehren, durchs Werk laufen und ihn vorne an der Bunkereingangstür erwarten. Und zu dieser würden sie vermutlich sogar einen Schlüssel haben, er aber nicht. Er saß in der Falle! Ruhig Blut! Es würde erst mal dauern, bis sie an der verschlossenen Innentür ankamen, dann mussten sie zurückklettern und durch den Kanal und die Turbinenhalle ins Gelände, den Steiner Berg hoch und den Fußweg zum Turbineneinlass wieder runter. Und schließlich mussten sie sich hinter dem Steinschlagzaun zur Bunkertür durchhangeln. Alles in allem blieben ihm zehn bis fünfzehn Minuten. Vielleicht war die Außentür ja auch offen.

Er leuchtete in die Seitengänge und erhaschte einen Blick auf Kisten und Kästen sowie diverse, eigentümlich antik wirkende Gegenstände wie kleine Statuen und Möbel, bevor er den Hauptgang entlangeilte. Nach zehn Metern war er an der großen Metalltür angekommen. Sie war zu, und zwar von außen! Schnell zurück in den nächsten Seitengang. Dort erfasste sein Lichtstrahl ein Regal mit diversen, gut für Einbrüche geeigneten Werkzeugen. Rasch griff er sich eine Brechstange heraus, eilte zur Tür zurück und setzte sie am Schlossanker in der Höhlenwand an. Der schien schon mehrfach nachgebessert oder neu einzementiert worden zu sein, denn er gab nicht viel Widerstand her. Nach dreimal ordentlichem Drücken brach er heraus. Die Tür ging scheppernd nach außen auf. Karl quetschte sich mühsam durch, rannte zum Steinschutzzaun und erstarrte.

Da hinten auf der anderen Siegseite brauste ein schweres Auto, ein dunkelblauer Landrover, auf die Maueler Brücke zu. Verflixt, sie waren nicht über den Steiner Berg gelaufen, sondern hatten den Wagen genommen, den er gesucht hatte. Sein Vorsprung war dadurch verbraucht. Zum Glück mussten sie jetzt vor der Brücke stehen bleiben, da von der Maueler Seite gerade ein Lkw kam und die Brücke nur eine Fahrspur hatte. Das gab ihm eine Minute mehr. Die nutzte er sofort, um an der Felswand über ihm langsam hochzuklettern, denn nach Süden an der Steinschlagsicherung entlang wäre er ihnen genau in die Arme gelaufen.

Als Kinder hatten sie diese Wand oft zu Kletterübungen und als Schauplatz von ihren privaten Karl-May-Festspielen benutzt, er kannte noch jeden Griff und Tritt für ein rasches Vorankommen. Nur waren seine Kraft und Geschmeidigkeit ganz sicher nicht mehr so wie ehedem. Nach zehn Metern Höhengewinn schaute er sich um. Der Landrover bog gerade hinter der Brücke rechts ein auf den Höhleneingang zu und stoppte zum Glück nicht vor dem Steinschlagzaun. Jetzt würden sie erst den Zugang suchen müssen. Das brachte ihm eine weitere Minute, die er nutzte. Er war jetzt ohnehin im Laub der Sträucher und Bäume verborgen, kraxelte die restlichen paar Meter hoch und fasste die Geländerstangen des alten Elmores-Festplatzes auf halber Höhe.

Als Kinder waren sie früher oft dabeigestanden, wenn die Werks- und Dorfchöre bei Maifeiern und Betriebsfesten gesungen hatten, eine Kapelle spielte und sogar auf einem kleinen Bretterboden getanzt wurde, hoch über der Sieg mitten im Steiner Berg. Fanden alle immer sehr romantisch, diese Veranstaltungen. Aber Karl musste weiter. Ein Blick runter zeigte, dass zwei Männer inzwischen hinter den Zaun gelangt waren und sich durchs Gebüsch zu dem Bunkereingang durcharbeiteten. Zack, sprang er übers Geländer und im Laufschritt den steilen Bergpfad hoch, der sich malerisch an der Felskante zur Sieg hin bis zur Kuppe des Steiner Berges schlängelte. Dort mündete er dann auf den Wirtschaftsweg von Mauel nach Dreisel.

Oben angekommen, wollte er sich zunächst nach links Richtung Mauel wenden. Da fiel ihm ein, dass seine Verfolger inzwischen längst die aufgebrochene Tür gesehen hatten. Sie müssten sich gedacht haben, wohin er ausgewichen war und würden den Maueler Weg hochfahren, um ihn dort abzufangen. Also überquerte er diesen schnell und rannte auf dem alten Waldweg nach Roth weiter. Der war zwar mittlerweile von der Umgehungsstraße K7 abgeschnitten, aber an dieser entlang konnte man auf einem Trampelpfad und über eine Pferdeweide ins hintere Mauel gelangen. Von da wollte er über den alten Bahntunnel zur Rosbacher Eisenbahnbrücke runter an der Sieg entlang nach Schladern zurücklaufen. Karl wusste: Er musste die Autostraßen meiden. Denn auf denen würden sie weiter nach ihm suchen.

Hinter sich hörte er einen schweren Wagen Richtung Dreisel fahren. Das mussten sie sein. Seine heutigen Entdeckungen hatten bestimmt enormen Wirbel bei der Bande erzeugt. Sie würden nun ihre Beute sicher rasch aus dem enttarnten Bunkerdepot entfernen. Er hatte Magengrimmen bei dem Gedanken, dass ihn vielleicht einer der Männer im Waldgelände erkannt haben könnte, bevor er in der Turbinenhalle verschwand. Sie waren bis auf wenige Meter an ihn herangekommen. Er selbst konnte sich an keinen richtig erinnern, nur an ihre Blaumänner. Er war aber auch zu hektisch nur an der Flucht interessiert gewesen in dem Moment. Egal, jetzt war er fürs Erste entkommen. Durchatmen, entspannen. In den nächsten Tagen würde er sich noch mal den Umlaufberg unter die Lupe nehmen.

IV

Mimikry

Natürlich hatte Karl den vermuteten Dreiseler Ringwall wieder gründlich abgesucht und auch Spuren gefunden, dass dort weiter die Raubgräber am Werk gewesen waren. Die kleine Felshöhle war tiefer ausgebuddelt. Viele der herum liegenden Feldsteine hatten ihre Plätze verändert. Die hatte er sich nämlich genau notiert, um daraus eventuell später den Verlauf der Ringwallmauer rekonstruieren zu können. Kleine Bodenaufgrabungen waren hier und da zu sehen gewesen, aber nichts, was die Identität der Bande erhellte. Und dass es sich um eine organisierte Bande handelte, das war ihm nach den Entdeckungen im Elmores-Bunker klar. Und dass sie ihn als große Gefahr für ihr Geschäft ansehen würden.

Also musste er sich bei seinen weiteren Nachforschungen vorsehen. Er wollte sich eine glaubwürdige neue Rolle zulegen, zum Beispiel als Hobby-Heimatforscher. Er nahm sich vor, jetzt auch systematisch die potenziellen Fundstätten der Umgebung zu kontrollieren auf die Tätigkeiten der Elmores-Gang, wie er sie in Gedanken nannte. Dann musste er dazu auch noch die Wege herausfinden, auf denen ihre Beute vermarktet wurde. Denn das wurde sie irgendwie, das war sicher. Außerdem wollte Karl nach einiger Zeit unbedingt die Bunkerstollen noch mal inspizieren auf Restspuren. Wie und wann das gehen sollte, war ihm noch nicht klar. Das würde man sehen. Und schließlich wollte er den Keltenschatz wiederhaben, den er ja entdeckt hatte! Ein reiches Programm also.

Der erste Punkt war ziemlich einfach. Schon längere Zeit hatte er nämlich wegen seiner geschichtlichen Interessen daran gedacht, den UHUs beizutreten, diesem netten Verein für „Unabhängige Historische Untersuchungen". Auf deren Exkursionen war er schon mehrere Male mitgelaufen und kannte den Vorsitzenden. Wenn die sich monatlich in Winterscheid im „Hotel zur Post" trafen, würde er auch mal erscheinen und sich anmelden. Er bekäme einen schönen Mitgliedsausweis und würde beim Landschaftsverband als

Freizeit-Denkmalpfleger registriert sein. Damit könnte er sich jederzeit bei seinem Herumstöbern als ernsthafter und legalisierter Hobby-Forscher ausweisen und seine Suchaktionen und Fragen gut begründen – notfalls auch den Raubgräbern gegenüber, sofern sie ihn nicht persönlich erkannt hatten. Außerdem hatte Karl seinen alten Schulfreund Edmund, der UHU-Mitglied war, schon mal auf seinen Feldbegehungen begleitet. Der würde ihm sicher mit Arbeitsutensilien und Insignien aushelfen können.

Eine Liste der möglichen Fund- und Raubstätten hatte er im Kopf schon fast fertig. Zu den eventuellen Hehlern musste er sich durch Erfahrenere leiten lassen. Da wäre ihm hier im Umkreis auch nichts zu eingefallen. Aber im Kölner Raum gab's ein paar Bekannte, die solche Kontakte hatten oder vermitteln konnten. Das würde er sich als Übernächstes vornehmen und seine diesbezüglichen Interessen ein bisschen herumerzählen. Zunächst mal die Ausstaffierung als Heimatforscher und Denkmalpfleger, dann die Kontrolle der historischen Stätten, und für die Köderung der Hehler oder Sammler musste er sich ja noch Fundobjekte ausdenken oder tatsächlich welche finden. Schließlich die Augen aufhalten nach dem blauen Landrover, und das Geschehen hinter den Elmores-Toren musste auch weiter beobachtet werden. Das ging alles über seine Möglichkeiten hinaus. Er brauchte Hilfe!

Wie war das damals mit den Unterdorf-Oberdorf-Banden gewesen? Sie hatten doch enormen Spaß am Beobachten und Recherchieren gehabt. Ob das auch heute noch so war bei den Jungs im Alter von zehn bis fünfzehn Jahren? Da könnte er mal nachhaken. Als sein 14-jähriger Enkel Miro aus Brasilien vor Kurzem in den Ferien zu Besuch war, da hatte er mit seinen Schulfreunden Karsten und Jonas zwar viel vorm Computer gehockt, aber sie waren oft auch draußen gewesen mit oder ohne Inliner. Einmal hatte er selbst mit Miro und Karsten und den beiden Hunden eine lange Wanderung über den Bodenberg und durch das Elisental gemacht. Die Jungs waren ganz interessiert gewesen an seinen Geschichten und Berichten zur Landschaft.

Also, das war schnell geklärt. Gegen Honorar, versteht sich, waren sowohl Karsten wie Jonas rasch bereit, gewisse Observationen für seine „heimatkundlichen Datensammlungen" zu machen. Der eine da am Nordufer vor der Werksbrücke, der andere am Südeingang im Bereich Turbine und Bunker. Natürlich nur nachmittags und bei anständigem Wetter. Beide wollten auch nach dem Landrover schauen. Dass es um mehr ging als Heimatkunde, hatten sie offensichtlich bald erahnt, aber das Geheimnisvolle daran machte ihnen ebenso offenkundig Spaß. Also konnte er seinen neuen Assistenten jetzt den einen wichtigen Schauplatz überlassen und sich selbst dem nächsten widmen.

Nach seinen bisherigen Beobachtungen musste es sich bei der Raubgräber-Gang um eine gut durchorganisierte Bande handeln, deren Interessensgebiete keineswegs nur prähistorische Stätten wie am Dreiseler Umlaufberg waren. Seinen flüchtigen Blicken in die Seitenhöhlen des Luftschutzbunkers nach zu urteilen, betätigten sie sich vielmehr an allen Arten von antiken oder geschichtsträchtigen Orten, an denen sich was Verwertbares abstauben ließ. Und davon gab es hier im Windecker Gebiet und den angrenzenden Regionen – Westerwald, Siegerland, Bergisches Land und westlicher Rhein-Sieg-Kreis – eine ganze Menge. Jetzt musste er sich nur in die Mentalität der Räuber richtig reindenken, um vorauszuahnen, was sie als nächstes tun würden, nachdem sie sich von ihm entdeckt fühlten.

Die Bande würde sich ein neues Versteck suchen für ihre Beute. Sie würden versuchen, seine Identität zu ermitteln. Das hatten sie bisher offensichtlich nicht, sonst wäre er in irgendeiner Weise beschattet oder belauert worden. Aber das war sicher nicht der Fall gewesen. Sie würden schließlich mit Hochdruck an der Plünderung der interessantesten aber zugleich risikoärmsten Fundstätten arbeiten. Und das waren eher nicht die bekannteren, schon voruntersuchten und touristisch erschlossenen, sondern wohl die unbekannten und die unerschlossenen historischen Stätten, von denen er auch eine ganze Reihe auf seiner Liste hatte. Die würde er jetzt abgehen und kontrollieren. Außerdem müsste er sich gründlich nach ihrem neuen Beuteversteck umschauen und hatte dazu auch schon eine Idee.

Industriebrache gab's jetzt nicht mehr so viel im Windecker Raum. Vor Kurzem war die zweite ehemalige Großfirma, die Hermes Stahlbau in Rosbach, abgerissen worden und sollte einem Einkaufszentrum weichen. Aber andere leer stehende Gebäude, auch größere, gab es genug. Wenn Karl ein entsprechendes Versteck gesucht hätte, wäre das sofort seine erste Wahl gewesen: Das Auguste-Viktoria-Stift, in seiner Kindheit Lungenheilstätte genannt, später Waldkrankenhaus, jetzt lange schon leer stehend. Ein gewaltiger Gebäudekomplex, vorwiegend aus der Gründerzeit, wie eine Filmkulisse für den „Zauberberg" aussehend, hoch am Hurster Berg im Wald gelegen. Es war ziemlich gut allen Interessierten zugänglich, von zwei Seiten auch in sichtgeschützter Weise.

Nix wie hin! Die Vormittage wollte er da stöbern, als „Investor" getarnt, denn von dieser Spezies trieben sich dauernd welche dort herum. An den Nachmittagen wollte er dann als „UHU" die Fundstätten kontrollieren. Jetzt also erst mal das Auguste-Viktoria-Stift. Dort kannte er sich nicht ganz so gut aus wie bei Elmores. Rosbach war bis auf wenige kriegerische Ausnahmen für ihre Oberdorfbande tabu gewesen. Aber einmal war er schon mit dem Rosbacher Schulfreund Klaus im Gelände schnüffeln gegangen und kannte deshalb die offenen Teile des Zaunes zum Berghang, durch die damals sowohl die Gärtnerei-Abfälle wanderten als auch die Insassen der Heilstätte, die sich nach Außenkontakten, einem Kölsch und Zigaretten sehnten. Während ihrer Behandlungszeit als Kölner Tuberkulose-infizierte Obdachlose waren sie davon abgeschnitten, bis sie den Dreh raushatten. Er erinnerte sich auch noch an den stets offenen Kellereingang, durch den man ins Treppenhaus des Hauptgebäudes gelangte, aber auch in alle Kellerräume des Gesamtkomplexes.

Am späten Vormittag machte Karl sich auf, mit einer starken Taschenlampe versehen. Tatsächlich war der Kellereingang immer noch, oder wieder, offen, sodass er problemlos und ungesehen reinschlüpfen konnte. Aber er war nicht der Einzige vor Ort. In der Etage über sich hörte er Schritte, Stimmen und Klopfgeräusche. Und auch hier im Keller war er anscheinend nicht allein. Doch hier war ein eher leises Schleichen und Schieben zu hören. Also verhielt er sich ebenfalls sehr vorsichtig, nach Indianerart wieder mal. Er tastete sich den Weg zum Heizungskeller durch, denn nach da nahmen die Geräusche zu. Er fand eine Nische hinter einem der alten Heizkessel und konnte von dort ganz gut beobachten, was vorging.

Zwei Kerle schleppten diverse Kisten in den früheren Tankraum, wo sie schon einige gestapelt hatten. Die Typen kannte er nicht, sie hatten auch mit den Verfolgern von Elmores kaum Ähnlichkeiten, soweit er es überhaupt beurteilen konnte. Sie waren eher wie Lieferanten gekleidet, mit Kittel und so, und nicht wie Monteure, aber sie waren schon irgendwie verdächtig, weil sie sich anscheinend bemühten, leise zu sein. Als sie wieder rausschlichen, nutzte er die Gelegenheit, hinterherzulaufen und durch die vordere Kellertüre auf den Hof zu kommen. Dort sah er sie, wie sie aus einem neutralen, hellen Lieferwagen, keinem Landrover also, Pakete luden und daneben aufstapelten.

Natürlich merkte er sich die Autonummer im Kopf und schlenderte ihnen entgegen.
„Na, seid ihr schon am Einziehen?",
sprach er sie laut und jovial an.
Der draußen stehende Typ zuckte zusammen und drehte sich um.

„Sind Sie hier der Hausmeister?"

„Seh ich so aus?"

Karl lachte.

„Dann gehören Sie sicher zu den Zauberberg-Leuten."

„Kann gut sein",

grinste er weiter.

„Für euer Fest morgen sollen wir doch die Sachen in den Keller schleppen. Bringen Sie uns mal den richtigen Hausmeister oder sonst wen Verantwortlichen her, damit einer uns die Lieferung abzeichnet!"

„Okay, mach ich!",

gab er zurück und schlenderte lässig zum Haupteingang hoch.

Dort stieß er sofort auf das Einladungsplakat. Also morgen früh um zehn Uhr begann der Trubel mit dem Zauberberg-Fest!

V

Der Zauberberg

Das war schon ein recht interessantes Völkchen, das an diesem Samstagmorgen zur Einweihung eines allerersten Zauberberg-Teilabschnittes zusammengekommen war. Das traf ihn aber nicht unvorbereitet. Natürlich hatte sich Karl am Vorabend noch im Internet schlau gemacht, was es denn mit dem Verein auf sich hatte, der jetzt dabei war, das alte Waldkrankenhaus zu renovieren – und sowohl mit Wohngruppen zu beleben als auch mit teilweise esoterisch angehauchten Gewerben und Geschäften. Und die hatten sich sinnigerweise auch gleich die Ähnlichkeit des Gebäudes mit der Klinik aus der Zauberberg-Romanverfilmung in den Namen und das Motto eingearbeitet.

Teilweise fühlte er sich in die 70er- und 80er-Jahre zurückversetzt beim Anblick von so viel Hippie-Outfit und ausgeflippten Aufmachungen. Er hatte geglaubt, das alles sei längst vorbei. Aber es hatte offensichtlich in Nischen überlebt, sogar hier auf dem Land. Und er hatte seine Freude daran. Einige Männer trugen Pferdeschwänze oder geflochtene Bärte, die Frauen meist lange offene Haare und luftige Kleider aus Naturstoffen. Er wurde gleich am Eingang von einem hübschen, lächelnden, langhaarigen Blumenmädchen befragt, ob er sich auch wohl fühle. Dann gab es Musikgruppen mit Softrock, Country, Klezmer und Mittelalter, sowie etliche Stände mit Vegetarischem, Öko-Food, Fair-Trade-Produkten und allerlei Exotischem. Und natürlich Händler mit Esoterik-Materialien wie diesen Wunderheil-Steinen, Traumfängern, Aborigines-Bildern und allerlei Magischem, Pseudo-Mittelalterlichem – und im hinteren Treppenhaus sogar ein Stand mit richtigen Antiquitäten, wie ihm schien.

Den wollte er sich genauer ansehen. Der Tisch quoll über von altem Kleinkram aus Küchen und Vitrinen des 19. und 20. Jahrhunderts, wobei ihm so manches auf gebraucht zurechtgemacht, also als Replik erschien. Aber er wollte sich nicht mit dem Jesusbärtigen hinter dem Tisch darüber streiten, sondern Informationen von ihm.

„Habt ihr hier auch alten Schmuck oder Münzen?",
eröffnete er unverfänglich das Gespräch.
„Ja, klar!",
meinte der Prophet und zog eine Metallkassette unterm
Tisch hervor.
„Schau da mal rein!"

Er klappte sie auf und tatsächlich lag da ein Haufen ganz
hübscher Münzen und Medaillen verschiedener Epochen
drin, nebst einigen eher billigen Ringelchen und Kettchen.
Karl wühlte ein bisschen gelangweilt darin herum, bis ihm
auf einmal etwas Konkaves zwischen die Finger geriet mit
geriffelter Oberfläche, dunkel und von der richtigen Größe.
Rasch sammelte er noch ein paar andere kleine Münzen ein
und nahm alles in die hohle Hand.

Der Bärtige beäugte ihn argwöhnisch. Karl rieb die Münzen
aneinander und sah, wie es an der gebogenen blitzte. Er war
sich sicher: ein Regenbogenschüsselchen! Wie beiläufig
hielt er dem Mann hinterm Tisch die Hand hin und fragte:
„Was kostet so 'ne Handvoll davon?"
Der nahm sie ihm ab, musterte sie einzeln und verkündete
dann ziemlich patzig:
„Kann ich dir nicht sagen, das entscheidet der Chef!"
„Ok, ok, dann pfeif doch deinen Chef mal gerad' herbei,
oder wie geht's weiter?"
„Da muss'te Geduld haben, der ist nicht hier. Aber wenn du
mir deine Handynummer dalässt, geb ich sie ihm durch
und er ruft dich an. Kannst ja 'nen Kaffee trinken derweil."

Also gut. Der Kaffee war nicht schlecht in der sogenannten
Teestube, in der es über hundert Sorten Tee, aber nur einen
Kaffee gab. Das bunte Treiben drumherum war hübsch anzusehen, und er war gespannt, was noch passieren würde.
Tatsächlich klingelte nach 20 Minuten sein Handy und eine
heisere Stimme wollte wissen, was ihn an den Münzen in-
teressiere. Da er ja nicht wirklich kaufen wollte, sondern
nur möglichst viel in Erfahrung bringen wollte, ging er

gleich aufs Ganze: Er habe da so was Ähnliches wie ein Regenbogenschüsselchen gesehen und wüsste gerne was zum Preis, zur Provenienz, und ob es noch mehr davon gäbe.

Das sei ein bisschen viel auf einmal, schnarrte es am anderen Ende, da würde man sich doch mal gründlicher unterhalten müssen. Und ob er noch etwas Zeit hätte, dann könne man sich in einem halben Stündchen treffen. Aber nicht in dem Trubel der Zauberberg-Einweihung, sondern ein Stückchen weiter oben am Alten Stuhl. Da stünde unterhalb des Sendemastes eine hübsche Aussichtsbank und auch das Wetter sei doch einladend für einen kleinen Spaziergang.

Das war ihm recht. Also trank er den Kaffee in Ruhe aus und schlenderte von dannen, lief ein Stückchen die Hurster Straße hoch und dann den Waldweg rein zum Alten Stuhl, diesem prominenten Bergsporn über dem Siegtal, der wohl mal eine der mittelalterlichen bergischen Femegerichts-Stätten, auch Freistühle genannt, gewesen war und jetzt den in den Himmel ragenden Finger eines Sendemastes und noch eine Drachenfliegerrampe trug. Ein immer schon magischer Ort: der eigentliche Zauberberg. Etwas unterhalb stand die Bank mit der wirklich fabelhaften Aussicht auf das Siegtal, den Westerwald, bei gutem Wetter auf Teile des Siebengebirges – und nur ein paar hundert Meter weiter unten auf die fast verschwundenen Reste der Burg Benzekausen, die schon auf der Mercatorkarte von 1575 als Wüstung verzeichnet war und deren Fundamente er auch mal einer genauen Inspektion unterzogen hatte. Gut gelaunt und neugierig ließ er sich nieder und harrte der Dinge, die jetzt seine Recherche hervorbringen würde.

Er hatte sich kaum nach allen Seiten umgeschaut, als ihn ein lautes Räuspern neben sich aufschreckte. Den Kerl, der da am anderen Ende der Bank saß, hatte er weder kommen gesehen noch gehört. Verfluchte Pest! Und er hatte sich für so vorsichtig und gewieft gehalten! Genauso gut hätte er hier mitten in der Waldeseinsamkeit überfallen und zusammengeschlagen werden können. Allerdings sah der Banknachbar nicht nach einem Schläger aus, sondern eher nach einem distinguierten Geschäftsmann, jedenfalls seinem Outfit und Alter entsprechend.

„Unterseeer, mit vier e",
stellte er sich mit einem freundlichen Lächeln und heiserer Stimme vor,
„und Sie sind sicher mein Telefonpartner von eben."
„Ja, sieht so aus. Mein Name ist Mayer",
log er knapp an der Wahrheit vorbei,
„und ich bin sehr interessiert an keltischen Artefakten, deshalb natürlich auch an dem Regenbogenschüsselchen, das Sie da ausgelegt haben. Allerdings auch an den jeweiligen Herkunftslegenden, da ich Hobby-Historiker bin."
„Das trifft sich gut, da ich auch Sammler und Historiker bin und mich zudem ein bisschen auf diese Region spezialisiert habe",
lächelte ihn der Seltsame an,
„wir sollten uns zusammentun."
Dabei griff er in die Rocktasche, hielt ihm die Faust unter die Nase und öffnete sie langsam.

Karl war wie gebannt. Auf der Handfläche lagen vier goldene Regenbogenschüsselchen und drei kleine Silberfibeln! Das war ja ein fast sensationeller Schatz, falls er wirklich echt war! Und die Zweifel mussten ihm auf dem Gesicht abzulesen gewesen sein, denn sein Gegenüber ergänzte gleich: „Keine Sorge, sind alle hier aus der Region. Darüber hab ich Expertisen, die ich Ihnen gerne bei einem Glas Wein mal vorlegen möchte. Nur die Münze da im Zauberberg-Stand, die wurde mir unter der Hand angeboten und scheint ein ungemeldetes Fundstück zu sein. Aber das könnten wir doch auch gemeinsam eruieren, wie wär's? Kommen Sie mal zu mir?"
„Ja, gerne, bei solchen Schatzangeboten! Und wo wäre das, bei Ihnen?"

„Ich weiß ja nicht, ob Sie sich hier auskennen, aber der Schladerner Wasserfall wird Ihnen sicher ein Begriff sein?"
„Ja, klar!",
entfuhr es Karl.
„Gut, dann kennen Sie auch die alte Elmores-Verwaltungs-villa daneben, da wohne ich drin. Und hier ist mein Kärt-chen mit allen Kontaktdaten. Rufen Sie mich an, ich bin unter der Woche meist abends ab 18 Uhr zu Hause erreich-bar. Ich würde mich über einen baldigen Besuch freuen. Es war mir ein Vergnügen, Sie kennenzulernen."
Er stand auf, tippte sich an die Stirn und war ebenso lautlos hinter dem nächsten Busch verschwunden, wie er gekommen war.

Au Backe, dachte Karl und merkte, dass ihm das Blut in die Wangen gestiegen war. Wie froh bin ich, dass ich den fal-schen Namen nah am richtigen vorbei genuschelt habe. So kann ich ihn bei einem Besuch noch korrigieren. Jetzt muss ich wohl bei der weiteren Zusammenarbeit die Karten auf den Tisch legen. Aber in der Löwenhöhle bin ich mit einem Fuß drin, da bin ich mir sicher!

Er überlegte fieberhaft, was er bisher über den Eigentümer der Elmores-Villa und damit des ganzen abenteuerlichen Industriegeländes gehört hatte. Also, dass der ein Antiqui-tätensammler im großen Stil sei, der nach der Wende sein Geld verdient und nun die neoklassizistische weiße Villa am Wasserfall zum Zentrum seiner Sammlungen gemacht habe und das ganze Industriegelände weiter zu kulturellen Zwe-cken ausbauen wolle.

Die Antiquitäten, die er dort angesammelt hatte, jedenfalls die größeren, waren zum Teil am Haus und im Hof aufge-stellt. Ansonsten kaufte oder tauschte er wohl nur nach per-sönlichem Kontakt sowie auf Auktionen und Messen, wie es hieß. Na, er würde es ja bald erleben. Karl freute sich vor allem drauf, mit ihm zusammen die mögliche Herkunft des neuen Regenbogenschüsselchens zu ermitteln. Oder auch seine Ausflüchte dazu anzuhören, denn er war sich inzwischen sicher, das dieses Zauberberg-Exemplar aus SEINEM Keltenschatzfund vom Dreiseler Berg stammte! Die Ornamente der Vorder- und Rückseite hatte er sich gut eingeprägt: ein Vogelsymbol und eine Spirale mit Dreipunkt drin. So konnte man ihm nicht so leicht Falsifikate unterjubeln. Aber bevor er dorthin ging, sollte er unbedingt noch mit seinen beiden Spionen sprechen, um zu hören, was es für verdächtige Aktivitäten in und um die Industriebrache herum gegeben hatte inzwischen. Also, er hatte zu tun.

VI

Die Villa

Die Jungs, die Karl als Beobachter eingestellt hatte, waren schon fast profimäßig an der Arbeit gewesen. Gegen einen Zehner lieferte ihm jeder seine Liste der Aus- und Eingänge an ihren Firmentoren. Aufgezeichnet von montags bis freitags zwischen 15 und 20 Uhr. Gelegentlich auch danach, aber das war nur selten gegangen, denn dann war's schon zu düster. Drum hatten sie es dann aufgegeben, ebenso wie die Tätigkeit am Wochenende, die für sie unter ihrer Würde als reguläre Arbeitnehmer war. Nach einem flüchtigen Blick auf ihre Listen fand er genug interessante Angaben, um damit weiterzukommen vor seinem Besuch in der Villa. Karl dankte seinen Assistenten herzlich und entpflichtete sie nach Entlohnung zunächst von ihrer Aufgabe mit der Vereinbarung, dass er sie jederzeit wieder ordern könne, wenn's nötig würde.

Mit dem Villenbesitzer hatte er einen Termin am Freitagabend vereinbart und dazu erschien er frisch geduscht und manierlich, aber nicht zu fein gekleidet, pünktlich um 18 Uhr vor dem schmiedeeisernen Tor der Prachtvilla. Dort gingen ihm einige Gedanken durch den Kopf: So ein Tor ist mehr als eine Tür, die etwas abschließt oder öffnet. Was mag es den Erbauern um 1890 und den Besitzern der heutigen Zeit bedeutet haben? Bei seiner kurzen Wartepause nach dem Klingeln erahnte er an diesem Tor mehr als hundertjährige Geheimnisse.

Nach einer knappen Minute öffnete ihm die Hausherrin und begrüßte ihn mit:

„Ach, der Herr Mayer! Das ist ja wirklich die Höflichkeit der Könige, mit der Sie hier antreten."

Er überreichte ihr den kleinen Strauß, den er mitgebracht hatte, und verbesserte:

„Eh, Bayer, nicht Mayer, ist mein Name. Guten Abend, gnädige Frau!"

„Oh, Entschuldigung, da muss ich mich verhört haben."

„Ja, klar, Herr Bayer natürlich, hier aus dem Ort, nicht wahr? Wie konnte ich nur auch auf Mayer kommen. Aber man wird alt, und unter anderem lässt auch das Gehör nach."

Der Hausherr war aus dem dunklen Flur hervorgetreten und begrüßte ihn mit einem kräftigen Händedruck und einem Augenzwinkern.

„Kommen Sie rein in die gute Stube, wir müssen uns unbedingt über all Ihre Aktivitäten unterhalten, von denen ich gehört habe, und natürlich über unsere Gemeinsamkeiten!" Er hatte ihn am Ellenbogen gefasst und hinter sich hergezogen durch den langen vollgestopften Flur in den Empfangssaal. Ein ziemlich großer Raum, der aber kleiner wirkte, da er ebenfalls zugestellt war mit diversen antiken Möbeln unterschiedlichster Epochen. An den Wänden hingen großformatige Bilder vom Typ alter Holländer und Düsseldorfer Schule, die auf den ersten Blick wie Originale wirkten. Zum Glück war die Westseite mit drei großen Fenstern versehen, sodass einiges Licht reinfiel und die Überfülle des Raumes erträglich machte.

„Sie müssen schon mit dem bisschen Platz vorlieb nehmen, den wir noch in unserer engen Hütte haben",
der Hausherr schob ihn zu einem ovalen gedeckten Teetisch und drückte ihn in ein Empire-Sesselchen,
„aber die Hauptpersonen hier sind unsere Antiken!"
„Ja, sammeln Sie denn nur oder handeln Sie auch mit all den Schätzen, die ich hier sehe",
entfuhr es ihm, bevor er sich bremsen konnte.
„Nun, ja",
lächelte liebenswürdig sein Gastgeber, dabei wies er auf seine ebenfalls in den Salon tretende Frau,
„wir sind beide passionierte Sammler und Hobby-Historiker, wie Sie ja wohl auch. Ich hörte, Sie arbeiten sogar bei den UHUs mit, dann sind Sie uns wissenschaftlich um einiges voraus. Aber dann wissen Sie ja auch, wie das geht: das Bessere ist der Feind des Guten, und da jeder Platz endlich ist, muss der Sammler stets auch was abgeben, um Platz für Neues und Großartigeres zu schaffen. Ich verschenke aber lieber, als zu verkaufen. Wie's einem damit dann geht, sehen Sie ja an diesem Salon, der noch der ge-

räumigste von insgesamt 40 Zimmern ist in diesem Häus-
chen. In den übrigen können nur noch meine Frau und ich
und unsere beiden Terrier sich einigermaßen bewegen."

„Aber Sie haben doch diese großen Elmores-Fabrikhallen
danebenstehen, da hätten Sie noch Platz genug zur Lagerung Ihrer Sammlung",
wagte Karl rasch einzuwerfen, um von seiner Betroffenheit
abzulenken. Sein Gegenüber zeigte ihm mehr als deutlich,
dass er ziemlich viel, wenn nicht alles über ihn wusste. Und
er bewies es auch gleich wieder.

„Ja, das ist ja das Problem. Als ich das Gelände kaufte, hab'
ich mir das auch so gedacht. Aber Sie werden sicher schon
selber festgestellt haben, dass die Gebäude erstens ziemlich
marode sind und zweitens noch einige mehr oder weniger
offizielle Bewohner beherbergen, über deren Aktivitäten Sie
ja wohl auch schon haben Aufzeichnungen machen lassen,
an denen ich übrigens sehr interessiert bin. Jedenfalls
haben sowohl die Versicherungen sofort abgewunken, als
auch meine Restauratoren, als diese unsere Lagerhallen
sahen. Nachdem dann bei kurzfristiger Zwischenlagerung
dort beim Einzug in den ersten Nächten gleich mehrere
Bronzen verschwunden waren, haben wir uns dareingefun-
den. Und wir leben jetzt gerne mit unseren Lieblingen hier
auf engstem Raum zusammen."
„Oh, Ihr Armen!",
konnte er sich gerade noch bremsen auszurufen, hatte aber
doch etwas warme Ohren bekommen, als er von der Ent-
tarnung seiner Spione hörte.
„Sie sind ganz schön gewieft",
meinte er mit gezwungenem Lächeln,
„wie sind Sie denn meinen Hiwis auf die Schliche gekommen? Und über den Austausch von Erkenntnissen können
wir auch reden, wenn Sie bereit sind, mir im Gegenzug einige von Ihren, zum Beispiel über den Luftschutzbunker
und seinen Inhalt, zu überlassen."
„Also mit Ihren Jungs war's ganz einfach, sie gaben sich

zwar als Schwarzangler am Wasserfall aus, aber da man das ja nicht offen tut, weil es dann auch keinen Spaß macht, hab ich sie nach ihrem Stundenlohn gefragt, den sie vor Verblüffung auch rausrückten, und ihn dann etwas aufgebessert, um ihren Arbeitgeber zu erfahren. Und was den Bunker betrifft, das ist eine Geschichte, auf die wir sicher im Laufe des Abends kommen werden. Nur drinnen bin ich überhaupt noch nicht gewesen. Das können wir vielleicht mal zusammen machen."

„Ihr großen Jungens!",
rief jetzt die Hausherrin, indem sie allen Tee eingoss in die sicher auch antiken japanischen Porzellantässchen.
„Tapert doch nicht so lange um den heißen Brei herum! Ihr habt doch beide die gleichen Ziele, ganz ähnliche Interessen, und seid schon lange hinter den Raubgräbern und Antiquitätendieben her. Also legt mal eure Karten schön auf den Tisch. Seht doch zu, wie ihr schnellstens gemeinsame Sache machen könnt, denn inzwischen setzen die sich weiter ab mit ihrer Beute."
„Ich glaube, meine Frau hat wieder mal recht",
meinte der Hausherr,
„und ich bin gerne bereit dazu. Nicht nur durch den Diebstahl der Skulpturen, sondern auch durch die Vorgänge im Bunker und in den Hallen, die ich erst vor kurzem mitbekommen habe. Durch einige dubiose Angebote von keltischen Goldmünzen und auch Schmuck wurde ich aufmerksam auf ein systematisches Geschehen hier herum und hab' mit Recherchen begonnen. Dann bin ich auf Ihre Aktivitäten gestoßen und habe das Regenbogenschüsselchen dort auf dem Zauberberg-Flohmarkt als Köder ausgelegt, an den Sie mir auch prompt angebissen haben. Nur weiß ich inzwischen, dass Sie nicht mein Fangziel sind, sondern hinter derselben Beute her. Deshalb sollten wir dem weisen Rat meiner Göttergattin Folge leisten."
„Wenn du das nur öfters so sehen würdest",
kam es natürlich direkt zurück. Und das wurde vom so belehrten „Boss" mit einer Grimasse beantwortet.

Karl war froh, dass er dadurch ein paar Sekunden Zeit hatte, das alles zu verdauen.

„Okay, okay, ich muss zugeben, ich bin erst mal baff, weil es mir tatsächlich genauso ging. Ich hab' Sie bis vorhin noch für den großen Hehler gehalten, den ich entlarven wollte. Aber Ihre Geschichte klingt plausibel, und Ihrer beider Offenheit überzeugt mich auch. Dann bin ich wohl jetzt mal dran, etwas zu erzählen über mich, falls Sie nicht schon das Meiste kennen."

Also erzählte er freiweg seine ganze Geschichte von den Abenteuern der Kindheit bis zu den Freizeitbeschäftigungen, seit seiner Pensionierung, in Sachen Heimatgeschichte und Archäologie. Dabei ermunterten ihn seine geduldig zuhörenden Gesprächspartner ebenso wie der regelmäßige Schluck Rum, den die Gastgeberin in jede Tasse Earl-Grey mit hineingab. Er berichtete vor allem von seiner Keltenforschung der letzten Zeit und der Wiederentdeckung der Fundamente jener fast vergessenen und verschwundenen Windecker Rittersitze wie der Alten Burg, der Burgen Broich, Benzekausen und Huen zu Stein gleich oberhalb von hier im Steiner Berg.

„Da muss ich mal einhaken",
unterbrach ihn sein Gegenüber.

„In dem gerade genannten Gebiet am Übergang vom Steiner Berg zum Grängelsberg oberhalb unseres Turbinenausflusses hab ich in der letzten Zeit merkwürdige abendliche Aktivitäten beobachtet. Es sind wohl auch Holzfäller in diesem Steilhang beschäftigt, aber nicht in der Dämmerung – und auch die seltenen Angler, die diesen Uferweg nutzen, kommen frühmorgens und nicht am Abend. Wir sollten uns mal gemeinsam anschauen, was da los ist. Doch jetzt zu unserem Keltengold. Da waren Sie doch am meisten gespannt drauf, oder?"

„Ja, ich kann nur eine Münze zum Vergleich beisteuern, die vom Dreiseler Umlaufberg. Aber Sie haben ja einen ganzen Schatz, den ich mir unbedingt genauer ansehen möchte."

„Vorher stoßen wir aber noch auf die neue Zusammenarbeit

an, wie schon angekündigt, und zwar mit diesem erlesenen Tröpfchen aus dem Familien-Weinberg an der Unstrut, den uns meine Frau gerade kredenzt."

Sie unterzogen sich umständlich dem üblichen Zeremoniell des Anstoßens und Zuprostens, bevor sein neuer Partner aus seiner Jackentasche wieder die Faust herausholte und öffnete. Diesmal waren fünf Regenbogenschüsselchen drin, das eine mit der Vogel- und Spiralprägung war mit dabei. Er legte sie in Reihe auf den Tisch, dahinter die Fibeln.

„So, und jetzt Ihre daneben zum Vergleich. Die vier hier und die Fibeln sind belegte Funde aus dem Oppidum Dornburg im Westerwald. Die fünfte und Ihre haben einige Ähnlichkeiten: Vogelsymbol und Dreipunkt mit Spirallinien, meine noch zusätzlich die Swastika, jedenfalls scheinen sie aus der gleichen Prägeserie zu stammen, vielleicht mit unterschiedlichen Werten. Ich habe diese hier erst vor drei Wochen angeboten bekommen von einem seriösen Schladerner Bürger aus einer der ältesten Familien, ich werde seinen Namen demnächst rausrücken. Aber lassen Sie uns doch erst noch eine Strategie entwickeln, wie wir der ganzen Bande auf die Spur kommen wollen! Den blauen Landrover habe ich jedenfalls schon lange nicht mehr gesehen und kenne leider weder den Eigentümer noch das Kennzeichen."

VII

Unter Tage

Zur Gelände-Inspektion trafen sie sich am nächsten Nachmittag pünktlich um 15 Uhr am Vordereingang des alten Elmores-Luftschutzbunkers, dessen Metalltür wieder verschlossen war.

„Ich hab' mir schon vor längerer Zeit einen Schlüssel für die Stahltüre nachmachen lassen",

begrüßte ihn sein neuer Geschäftspartner,

„ist ja auch schließlich mein Gelände. Ich bin aber bis jetzt nie zu einer Besichtigung gelangt und verspreche mir auch nicht viel davon, denn die Burschen wissen ja, dass ihr Lager entdeckt wurde."

„Sehe ich auch so",

antwortete Karl, während der Eigentümer aufschloss,

„aber so kann ich Ihnen wenigstens die Verbindung zum Turbinentunnel zeigen."

Sie marschierten ins Dunkle, knipsten die LED-Leuchten an und wurden nicht enttäuscht: bis auf ein paar Zigarettenkippen hie und da war alles ratzeputz leergeräumt. Fast besenrein, konnte man sagen. Selbst die Bretter über der Durchgangstreppe zum Turbinentunnel waren beiseite geschoben, sodass man vermuten konnte, die Vorräte seien durch diesen in die hinteren Fabrikhallen geschafft worden. Das würde erklären, warum seine Spione zwar den blauen Landrover und andere Fahrzeuge die Haupteinfahrt hatten passieren sehen, aber offenbar keine Bewegungen am Bunkereingang stattfanden.

Also kletterten sie das Treppchen zum Turbinentunnel runter. Karls neuer Partner war sichtlich beeindruckt von der tosenden Wasserwelt da drinnen. Sie quetschten sich durch den schmalen Seitengang und kamen im dröhnenden Turbinenhaus an. Sprechen konnten sie in dem Lärm bisher nicht. Der Besitzer dieser Unterwelt, der diese jetzt zum ersten Mal besichtigte, zog seinen Schlüsselbund und wollte die Werkstüre von innen öffnen. Er stellte dann aber fest, dass sie schon offen war, ein weiterer Beweis für die Entfernung der Ware auf diesem Weg.

„Das war beeindruckend",
meinte Unterseeer, als sie draußen im Durchgang standen,
„ich wäre nie auf die Idee gekommen, dass da eine Verbindung bestehen könnte, da der Luftschutzbunker erst fast 90 Jahre später in den Felsen gehauen worden ist als der Turbinentunnel."
„Jedenfalls haben andere das schon vor uns entdeckt und genutzt. Und jetzt müssen wir sehen, wohin sie mit der Beute sind. Ich schlage vor, wir gehen über die Kanalbrücke den Weg zurück, den ich damals genommen habe."

Ohne Zögern marschierten sie in den Wald und auf dem anscheinend gut frequentierten Anglerpfad zum Siegufer hinunter bis sehr weit hinter die Kanalmündung in die Sieg. Sie waren schon recht weit unterhalb des vorderen Plateaus der Burg Huen. Da fanden sie doch tatsächlich – dank einiger niedergetrampelter Zweige seitlich im Hang hinterm Haselgebüsch – noch ein ummauertes Metalltürchen. Es war nur knapp eineinhalb Meter hoch und sah aus wie der verschlossene Zugang zu einem alten Quellbrunnen. Das Bügelschloss daran war allerdings nicht verrostet.

„Haben Sie dazu auch einen Schlüssel?",
fragte er den Gelände-Eigner.
„Nee, hab' auch nie was gewusst von so 'ner Tür hier."
„Ich auch nicht. Selbst bei unseren Indianer-Streifzügen früher ist mir nix aufgefallen. Aber dann müssen wir uns irgendwie anderweitig Zugang verschaffen."
Er lief ein paar Schritte zurück und kam mit einem Stück Draht aus dem Fabrikzaun wieder, bog ihn zu einem Haken und schlug das Ende auf einem Stein platt. Nach kurzer Fummelei war das Schloss geöffnet.
„Hab ich von meinem Erzeuger gelernt",
grinste Karl,
„und da das ja hier Ihr Eigentum ist, gehe ich doch kein Risiko ein, oder?"
„Ist schon in Ordnung! Jetzt will auch ich alles genau wissen!"

Die Eisentüre, obwohl alt und verrostet, ließ sich recht leicht öffnen. Die Scharniere schienen frisch geölt zu sein. Der Gang dahinter war dunkel. Sie mussten die Taschenlampen zu Hilfe nehmen. In deren Licht zeigte sich der Stollen höher, nachdem sie gebückt durch die Türe gekrochen waren. Jetzt konnten sie aufrecht drin stehen und gehen. Die Wände waren mit roh behauenen Bruchsteinen zu einem schmalen Gewölbe hochgemauert. Karl und Herr Unterseeer tasteten sich hintereinander langsam vorwärts. Alle fünf bis acht Meter gab es eine Seitennische, in der ein Mann Platz hatte, offensichtlich um notfalls aneinander vorbeizukommen. Nach etwa 20 Metern kamen sie in eine kleine gewölbte Halle, etwa fünf Meter im Durchmesser mit drei Seitenöffnungen. Nach oben konnten sie in einen dunklen Schacht blicken. An einer Seite lag eine intakte Holzleiter, die wohl vor noch nicht allzu langer Zeit zum Hochsteigen benutzt worden war.

„Das scheint mir hier ziemlich genau unter dem Plateau der Burg Huen zu liegen",
meinte Karl zu seinem nachrückenden Partner.
„Da jetzt raufzuklettern, dafür ist es schon ein bisschen spät. Außerdem brauchen wir etwas an Ausrüstung dazu. Ich hab' von meinem jüngsten Sohn noch einige Klettersachen im Keller, die wir uns beim nächsten Mal mitnehmen können. Jetzt sollten wir uns lieber in den drei Horizontalgängen umsehen, das ist wohl eine weitläufigere Unterwelt hier, als wir gedacht haben, und die Gewölbemauerung sieht eher mittelalterlich aus. Das wäre ja ein Ding, wenn das alles mit der Burg da oben zusammenhing!"

Sie leuchteten zunächst in den linken Gang hinein. Nach drei Metern sahen sie auf eine schwere Eichenholztüre, die mit einem recht neuen BKS-Schloss versehen und natürlich abgeschlossen war. Da hatten sie mit ihrem Draht-Dietrich wohl keine Chance. Sie tappten ein paar Meter in den mittleren Gang hinein, der aber immer weiter geradeaus verlief und nicht mehr ausgemauert war. Stattdessen war er nur ausgehauen und mit Bergen von herabgefallenem Geröll am Boden bedeckt. Deshalb zogen sie sich erst noch mal zurück, um die rechte Gangöffnung zu inspizieren.

Auch hier stießen sie nach wenigen Metern auf eine massive Holztüre, doch diese war nur angelehnt, ließ sich lautlos öffnen, und dahinter erschien im Licht der LED-Taschenlampen ein in den Fels gehauener quadratischer Raum mit Holzregalen an den Wänden. In diesen Regalen standen ein paar Kisten und Kästen, die Karl bekannt vorkamen, Er hatte sie zwar nur kurz gesehen bei seiner Flucht durch den Elmores-Bunker, aber bei einigen waren ihm die längliche Form, das ausgebleichte Blau und die typischen Brandzeichen aufgefallen.

„Ich glaube, wir haben sie", rief er begeistert aus.
„Das sind die Sachen, oder ein Teil davon, die ich damals im Bunker gesehen habe. Die müssen wir uns sofort genauer anschauen!"
Die ersten beiden Kisten, die sie sich vornahmen, waren nicht verschlossen, und als sie die Deckel abhoben, gerieten sie in die Ekstase von Schatzsuchern, die den großen Jahrhundertfund gemacht haben.

Zwar war es nicht das Keltengold, nach dem sie auch suchten, aber das Sammelsurium an keramischen Gefäßen, offensichtlich aus verschiedenen Epochen, auf das sie stießen, war mindestens ebenso viel wert. Neben den typischen Siegburger Schnellen, Kannen und Bartmannskrügen fanden sich diverse Schalen, vielleicht sogar Opferschalen, mit keltischen Reiterfiguren und Mondsymbolen bemalt. Die meisten waren in intaktem Zustand, aber es gab auch Tonscherben, Vasensockel und Henkel von möglicherweise bandkeramischer Herkunft, soweit man das auf den ersten Blick überhaupt vermuten konnte. Sie hatten jeder eines dieser ganz sicher originalen Stücke in der einen Hand, in der anderen die Taschenlampe, und schauten sich an mit Tränen in den Augen, die man hier im Dunkeln zum Glück kaum sehen konnte. Für jeden von ihnen war es wohl eines der Highlights ihrer archäologischen Erlebnisse.

„Und was machen wir jetzt damit?",
rief sein neuer Freund gedämpft.
„Wir können das doch nicht einfach hier rausschleppen, oder?"
Seine Stimme zitterte vor Aufregung.
„Besser nicht, sonst haben wir die ganze Bande am Hals",
antwortete Karl zögernd, während ihm alle Möglichkeiten durch den Kopf gingen,
„Wir wollen doch die Drahtzieher dingfest machen. Das heißt, dass wir uns erst mal ein, zwei Beobachtungsposten einrichten müssen, um zu sehen, wer wann hier ein und aus geht, von wo Ware kommt und wohin welche geht. Also, es wartet viel Arbeit auf uns."
„Das Problem scheint mir nur",
antwortete sein Gegenüber,
„dass wir nicht wissen, wo überall Ware, wie Sie es nennen, rein und raus geht. Das kann am Anglerweg sein oder am oberen Zugang an der Burg Huen, den wir noch finden müssen. Oder am Süd-Ende des Ganges, den wir nicht verfolgt haben. Wie sollen wir das alles unter Kontrolle halten?"

„Also für den Nordeingang, durch den wir reingekommen sind, wüsste ich schon eine Lösung, da könnten wir am letzten Zipfel der Fabrikanlage, auf dem sich ein Pegelhäuschen befindet, meine kleinen Spione wenigstens zeitweise postieren, das machen die bestimmt gerne, gegen Honorar versteht sich. Von dort können sie mit einem Fernglas den Eingang ganz gut überwachen. Aber ich glaube ohnehin nicht, dass die Haupttransporte da durch gegangen sind. Die Türe ist klein, der Anglerweg ist schmal und schwer begehbar. Bis zu einem Auto müsste man schon fast einen halben Kilometer schleppen. Und schauen Sie mal, wie schwer und sperrig die meisten Kisten hier sind."
„Ja, und wo vermuten Sie dann den eigentlichen Zugang?"

„Auch kaum durch den Geröllgang, wo immer der hinführen mag. Denn dann müssten mehr Spuren am Boden und mehr Geröll beiseite geschoben gewesen sein. Bleibt also am Ehesten der senkrechte Schacht nach oben, wofür auch die intakte Leiter spricht. Durch den könnte man einige große Lasten per Flaschenzug abgeseilt haben. Wir müssten nur seinen oberen Zugang finden, zu dem es bestimmt auch eine Zufahrtsmöglichkeit gibt. Und das sollten wir gleich tun, bevor es richtig dunkel wird."

„Okay, machen wir, aber so ein kleines Erinnerungsstück von hier mitnehmen, das müsste doch gehen, ohne dass es auffällt, was meinen Sie?",
bettelte mit glänzenden Augen sein Kumpel und sah ihn dabei an wie ein zehnjähriger Junge seine Mama unterm Weihnachtsbaum.
„Ja, aber nur 'ne kleine Scherbe, für die genauere Herkunftszeit-Bestimmung, von denen gibt's ja genug. Die sind mit Sicherheit noch nicht alle vollständig registriert. Dann den Rest wieder in den Urzustand versetzen und ab die Post!"
„Ich glaube auch, es wird Zeit zu verschwinden. Hier dieser Schalenfuß mit dem vermutlich keltischen Pferdekopf-Symbol im Boden hat es mir angetan, den nehme ich mit."
„Und ich das bandkeramische Becherteil, sensationell für die Region. Und gleich marschieren wir noch rauf auf das Burgplateau und suchen den Schachteingang."

VIII

Burgenland

„Meine Jungs haben's geschafft",
rief Karl strahlend,
„sie hatten die Nummer des Landrovers doch notiert und
der Halter ist identifiziert."

Sie trafen sich jetzt bereits den dritten Abend in Folge im
Jägersitz am Rande des Burgenplateaus der Hangmotte
Huen zu Stein auf dem Grängelsberg. Karl und sein Partner
hatten noch am Abend der Stollen-Entdeckung den gut ver-
steckten und geschickt getarnten oberen Ausgang des Senk-
rechtschachtes gefunden. Von hier konnten sie das Gelände
samt Zufahrt für Jäger und Waldarbeiter gut überblicken,
ohne selbst gesehen zu werden.

„Die haben mir gestern einen Zettel in den Briefkasten ge-
worfen, auf dem gekritzelt ist, dass sie über den Onkel vom
Jonas, der bei der Zulassungsstelle in Siegburg arbeitet, das
Kennzeichen haben identifizieren lassen. Der Besitzer ist
einer der Enkel des berühmten Familiengründers Antonio
Constantini aus Palermo, der hier Ende des 19. Jahrhunderts eingeheiratet hatte und daraufhin zum Großgrundbe-
sitzer wurde. Sein Nachkomme und Landroverbesitzer hört
auf den Namen Conni Constantini – ein zurückgezogen und
bescheiden lebender ehemaliger Gartenbaubetriebs- sowie
Plantagen-Besitzer und leidenschaftlicher Jäger. Seiner
Großfamilie hat bis zum Ende der 1970er-Jahre hierum das
meiste an Wäldern und vor allem gleich haufenweise Burgen und Rittersitze gehört, unter anderem auch die Burg,
in deren Ruinen wir uns gerade befinden. Dieser Nachkomme wohnt auf dem letzten verbliebenen Besitz, der aus-
gebauten Feldscheune der Plantage im Naturschutzgebiet
Krummauel.

Wenn er der Drahtzieher der Raubgräberei hier ist, dann
ist er sicher der festen Überzeugung, dass ihm das alles persönlich gehört. Seine größte ‚Heldentat' war doch Ende der
60er-Jahre der Abschuss des bis dahin einzigen Elches, den
es nach dem Zweiten Weltkrieg in westliche Wälder ver-

schlagen hatte, hier in der Nutscheid in seinem Jagdrevier. Aber die ganze Familiengeschichte ist eine einzige Legende, die ich Ihnen gerne mal erzählen werde."

„Ich hab davon gehört, kenne leider keine Einzelheiten. Aber dieser honorige Herr hat mir auch die suspekte Goldmünze angeboten. Seine Geschichte müssen Sie mir unbedingt noch berichten. Ich höre nur gerade einen Motor, wir sollten uns hinter die Brüstung ducken und aufpassen."

Auf dem Weg aus Richtung Mauel kam jetzt ein immer lauter werdendes Dieselgeräusch näher, Scheinwerfer huschten durch die Bäume und richteten sich plötzlich genau auf ihren Jägersitz. Zum Glück hatten Karl und Herr Unterseeer hinter der Brüstung volle Deckung. Der Geländewagen schob sich über den Randwall auf den Waldweg zum Jägersitz durch und an diesem vorbei zum Siegabhang weiter. Dort kam er in ziemlicher Schräglage an der mit Gestrüpp und Totholz getarnten Schachtabdeckung zum Stehen. Zwei Männer stiegen aus, räumten den Schacht frei, warfen ein Seil rein und sprachen Unverständliches, vermutlich Polnisch oder Russisch, in ihr Walkie-Talkie. Dann zogen sie nach und nach drei Kisten hoch, verstauten sie im Landrover, deckten den Schacht sorgfältig ab und tuckerten rückwärts wieder auf die Straße.

Wie abgesprochen kletterten die beiden leise runter von ihrem Posten und schlichen zu ihrem Allrad, den sie im seitlichen Waldweg verborgen hatten. Sie sahen gerade noch die Rücklichter des Landrovers Richtung Dreisel verschwinden, als sie die Verfolgung aufnahmen. Wie erwartet, ging's durch Dreisel durch, über die Siegbrücke nach Dattenfeld und dort rechts ab zum Einschnitt. Dann durch die Porta Rhenania am Krummauel entlang und vor dem Hof Schladern rechts rein, wie sie vermutet hatten. An der Einbiegung zum Krummauel-Übergang hielten sie an, schalteten die Scheinwerfer ab und sahen zu, wie der Geländewagen auf den Hof der bewohnten Feldscheune fuhr und dort anhielt. Es war zu dunkel, um da Einzelheiten zu sehen. Aber ihr Warten wurde schon bald belohnt, denn nach fünf Minuten bogen zwei Mercedes-Karossen mit Bonner Kennzeichen vor ihnen ein und fuhren ebenfalls zur Feldscheune. Nach weiteren zehn Minuten noch ein Volvo mit Berliner Nummernschild und dem gleichen Ziel. Die Nummern hatten sie sich notiert.

„Jetzt reicht uns das Material. Wollen mal sehen, ob wir die Halter auch noch identifiziert kriegen. Für heute war die Ausbeute an Infos schon erfreulich",

flüsterte Karl.

„Und für morgen mache ich uns einen Termin bei dem interessanten Herrn mit dem ausländischen Namen. Ich komme auf unser Münzgeschäft zurück und biete ihm weitere Geschäfte an. Sie fungieren als mein historischer Fachberater."

„Wollen wir nur hoffen, dass er mich nicht wiedererkennt, als einen der Schüler aus dem Ort, der sich in den Ferien einen willkommenen Nebenverdienst in seinen Gartenbau-Plantagen gemacht hat. Aber das ist eher unwahrscheinlich nach über einem halben Jahrhundert."

Am Nachmittag drauf rief Karls Partner an, er habe direkt eine Audienz beim großen Landlord bekommen, und eine halbe Stunde später saßen sie schon in der guten Stube des Herrn Constantini. Diese war erstaunlich geräumig und üppig ausgestattet in der nach außen roh und primitiv wirkenden, aber massiv gebauten Feldscheune. Das Interieur war ganz das des Landlords und passionierten Jägers. Mit einem gewaltigen offenen Kamin und vielfältigen Jagdtrophäen an den Wänden und auf dem Boden. Von Elchgeweihen über die von Rentieren, Hirschen und Böcken bis zum Nashornschädel. Dazu fehlten nicht die entsprechenden Tierfelle überall auf dem Parkett.

„Ich will Ihnen mal ein bisschen was von mir erzählen, meine Herren", dröhnte der massige ältere Herr im tiefen Clubsessel ihnen gegenüber, in dem Karl kaum mehr den sportlichen Jägersmann von damals erkannte, während eine elegante, deutlich jüngere Dame im Jägerlook sie ungefragt mit einem Glas Cognac versorgte.

„Damit Sie wissen, mit wem Sie es zu tun haben. Wie Sie sehen, war ich früher mal professioneller Jäger. Aber seit einem Jagdunfall in Kenia 1986 war es aus damit, weil ich mich seitdem nur mit Krücke bewegen kann. Da hab' ich mich dann der Geschichte, speziell der Geschichte dieser Region und der unserer Familie zugewendet. Also aufgepasst!

Schon in der frühen Altsteinzeit vor rund hunderttausend Jahren hat es hier Besiedelung, zumindest zeitweilig, mit Jägergruppen der Neandertaler gegeben, wie an allen Seitenflüssen des Rhein-Urstromtales. Da zogen ja die Tierherden im Sommer rein. Und nur dort bestanden die Kesseljagd-Chancen, im Gegensatz zum sumpfigen Urstromtal. Die Relikte in Form von Steinabschlägen und Steinwerkzeugen sind an den meisten Mündungs-Bergspornen der Siegseitenbäche, wie an der Westert, zu finden. Ich kann Ihnen meine Sammlung dazu gleich zeigen. In der jüngeren Altsteinzeit und im Mesolithikum, als die Cro-Magnon-Sippen kamen und der Neandertaler längst ausgestorben war, haben sie die gleichen Jagd- und Beobachtungslager bezogen, wie ihre Vorgänger. Davon zeugt der Dreiseler Elch-Retuscheur, wie auch andere ähnliche Funde, zum Beispiel die aus Gönnersdorf.

Mit der Kupfer-, der Bronze- und der Eisenzeit wurde es aber viel lebendiger in der Region. Hier waren diese unschätzbar wertvollen Metalle zu finden, anfangs sogar an der Erdoberfläche. Das lockte die Band- und die Schnurkeramiker von allen Richtungen an. Später bildeten sich drei Groß-Kulturen davon heraus: die Kelten aus dem Süden, die Slawen aus dem Osten und die Germanen aus dem Norden, die aber alle letztlich von den Schwarzmeer-Urvölkern abstammten. Vor allem die Kelten brachten neben einer hoch entwickelten Agrar- und Siedlungstechnik auch eine wunderbare Metallverarbeitungs-Technik aus den mediterranen Hochkulturen mit und siedelten als erste langfristig bevorzugt am südlichen Siegufer. Das wurde 1980 in Dreisel nachgewiesen. Sie bauten dann die ersten großen Ringwallburgen wie die Dornburg im Westerwald, den Petersberg-Ringwall, den Güldenbergring bei Troisdorf, die Rennenburg an der Bröl, die Alsener Ringwallburg und auch die Dreiseler Umlaufburg. Es gab sicher noch ein paar mehr, die aber von der offiziellen Archäologie noch nicht ermittelt sind.

Dann kamen von Norden Germaneneinfälle mit den Brukterern, Sugambrern, Ubiern, die die Kelten zunächst bekämpften, wegen der Konkurrenz um die Erzlager an der Sieg. Bald aber vermischten sie sich mit ihnen und sie verbündeten sich gegen den neuen Usurpator: den römischen Feldherrn Gaius Julius Caesar mit seinen Legionen. Die noch rein keltischen Eburonen aus der Eifel konnten anfangs im sogenannten Krieg des Ambiorix, 54 vor Christus, fast zwei Legionen Caesars in den Hinterhalt locken und aufreiben. Dann wurden sie aber von ihm vernichtend geschlagen und beinahe vollständig ausgerottet bis auf wenige Reste, die sich unter den Ubiern im Kölner Raum und den Sugambrern an der Sieg verbargen.

Mit deren Kriegern, die auch an ihrem Aufstand beteiligt waren, sind die Eburonen über den Rhein in die Alsener Ringwallburg und die Dornburg geflüchtet, unter Mitnahme ihrer Kriegskasse. Aus der stammt wohl auch das Regenbogenschüsselchen, das ich Ihnen, Herr Überseeer, angeboten habe. Caesar setzte den Hassgegnern natürlich nach. Er baute die berühmte Pontonbrücke von Beuel in drei Tagen und errichtete an der Siegmündung einen Brückenkopf. Dann brach er diesen Rachefeldzug gegen die Eburonen und Sugambrer aber ab, weil die ihm die Lieferungen von Roheisen aus dem Siegerland sperrten, auf die er angewiesen war. Die überlebenden Eburonen vermischten sich schließlich mit den Ubiern und Sugambrern. Und ihre Goldschätze wurden in den Burgen versteckt. Die Hinterwäldler im Westerwald, an der Sieg und im Bergischen kannten nämlich keinen Geldverkehr."

Constantini lächelte maliziös und prostete ihnen erneut zu. „Nach dem Untergang des Römischen Reiches und in der Völkerwanderungszeit herrschte großes Chaos in Mitteleuropa und große Armut. Die Franken setzten sich als Nachfolgemacht der Römer in Gallien durch und es hat Verbindungen zu unserer Region gegeben, da der berühmte Frankenkönig Chlodwig, der sich in Reims im Dom von St. Remi als erster Germanenherrscher christlich taufen ließ, von sugambrischer Abstammung war. Die folgenden Merowinger und Karolinger hatten ihr Reich schon bis Köln ausgedehnt. Das ärgerte die Sachsen und Thüringer, und sie zogen in einem gewaltigen Feldzug 778 bis zur Festung Deutz, das ganze Gebiet rechtsrheinisch für sich beanspruchend, einschließlich der Eisenerze.

Das wiederum konnte Carolus Magnus, der große Karl, nicht dulden, und er drang mit einem riesigen Frankenheer ins Sachsenland ein, angeblich, um zu christianisieren, in Wirklichkeit ging's ihm natürlich um die Erz-Ressourcen. Nach der ersten Eroberungsphase baute er um 780 die Grenzburg Windeck, heute die Ruine der Alten Burg, Castrum vetus. Um die herum siedelte er eine Reihe seiner verdienten Veteranen mit festen Höfen an, die nach und nach zu steinernen Rittersitzen ausgebaut wurden. Sie mussten dem Landesherrn Reiter und Mannschaft für den Kriegsfall stellen, der in der Folge die Regel war. Zu diesen Rittersitzen gehören die Ihnen beiden zumindest schon teilweise bekannten Burgen Wilbringhoven, Niedecke, Spitzenburg, Broich, Burg Huen oder Margaretenburg, Scheuren mit Hof Slade, Mauel, Rosbach-Hof und Benzekausen, die alle mal mehr oder weniger nebst Ländereien im Besitz meiner Familie waren. Doch dazu gleich noch mehr."

IX

Familiengeschichten

„Ich brauche jetzt mal eine Pause und einen guten Schluck", damit griff er zum Cognac-Glas, prostete ihnen zu und goss es in einem Zug runter. Dann füllte er es wieder auf, prostete erneut und nippte jetzt genüsslich dran. Karl und sein Begleiter taten ihm Bescheid.

„Original-Martell von 1983, das ist schon was, oder? Wo waren wir steh'n geblieben? Ah ja, beim Familienbesitz, zu dem natürlich auch die Neue Burg Windeck, Castrum novum, und das um 1860 erbaute Schloss Windeck als langjähriger Wohnsitz der Familie gehörten. Doch bevor wir zu deren Schicksal kommen, noch ein bisschen Mittelaltergeschichte: Nach den Karolingern kam hier im Rheinland das Geschlecht der Ezzonen zur Macht, als lothringische Pfalzgrafen, das bis in die Salierzeit hinein die Regionalherrschaft innehatte, bei uns als Grafen des Auelgaus. Sie wurden im 11. Jahrhundert vom Erzbischof Anno von Köln entmachtet. Die Auelgaugrafen hatten als Lehnsmänner die Grafen von Windeck eingesetzt, die durch Heiraten schließlich in den Familien der Grafen von Thüringen und von Sayn aufgingen.

1174 belehnte Graf Heinrich Raspe der Jüngere von Thüringen, ein Neffe der Heiligen Elisabeth, den ersten Grafen von Berg, Engelberth I., mit der Neuen Burg Windeck. Das ist in einem Dokument vom Reichstag zu Aachen von Kaiser Friedrich I., Barbarossa, bestätigt worden. Derweilen blieb die Alte Burg noch im Lehnsbesitz der Gräfin Mechthild von Sayn und kam erst 1247 unter etwas unklaren Bedingungen in den Besitz des Adolf von Berg. Dieser belehnte die Burg Windeck an verschiedene Lehnsleute, unter anderen den Johann von Lülsdorp, der wohl Ende des 14. bis Anfang des 15. Jahrhunderts den Hof Slade zu einem großen Komplex mit Mühle unter Einbeziehung des Bergfrieds Scheuren ausgebaut hat.

Von diesem übernahm ihn dann der Bertram von Nesselrode, dessen Vater Wilhelm dem Grafen von Berg gegen Pfand ein großes Darlehen zur Burgrenovierung gegeben hatte, und der daraufhin zum Erbgrafen und Amtmann von Windeck ernannt worden war. Er verteilte sein Erbe an seine drei Söhne: einer erhielt Burg Ehreshoven, einer Burg Herrnstein und Bertram die Windecker Ländereien mit den festen Höfen Höhnrath, Slade, Helpenstell sowie die Burg Ehrenstein an der Mehrbachmündung in die Wied. Dort baute und stiftete er zusammen mit seiner Frau Margarete das Kloster Ehrenstein, dem er die Windecker Ländereien und Höfe als Versorgungsgrundlage vermachte.

Somit blieb der Hof Slade oder Schladern, auf dessen Grund und Boden wir uns befinden, etwa 350 Jahre lang, nämlich bis zur Säkularisation 1803, dem Liebfrauenkloster zu Ehrenstein pachtpflichtig. Die Burg Windeck, auf der bis zum Ende des Dreißigjährigen Krieges vorwiegend die Grafen von Nesselrode als Amtmänner residierten, wurde in diesem Krieg mehrfach überrannt und eingenommen von kaiserlichen, hessischen, kurpfälzischen und schwedischen Truppen, dabei schwer beschädigt, sodass nur noch die Nebengebäude benutzbar waren. Schließlich ist im sogenannten Holländischen Krieg von 1672 bis 1675 die Ruine von französischen Truppen des ‚Sonnenkönigs' endgültig gesprengt und verbrannt worden. Der Rest diente als Steinbruch für die Windecker Bevölkerung. Die Verwaltung des Amtes Windeck wurde in die Burg Denklingen verlegt."

Constantini prostete ihnen zu, und sie reagierten entsprechend. Er fuhr fort:
„Durch die Säkularisation 1803 und den Wiener Kongress 1815 war das enteignete Kloster Ehrenstein samt seinen Windecker Besitzungen dem Fürst zu Wied-Runkel zugefallen. Dieser veräußerte den Hof Schladern und das Land dazu an Koblenzer Geschäftsleute, die es hier weiterverkauften: den Hof Schladern an die Familien von Kurzrock-Wellingsbüttel und von Leonhard bzw. ihre Nachkommen, die Freiherrn von Leonhard-Kurzrock, die Anfang des 19. Jahrhunderts Besitzer der Burg Dattenfeld waren. Die Ländereien des Schladerner Feldes mit dem Burghaus Scheu-

ren und dem Hof Siegenthal gingen an drei Landwirts-Familien aus Rommen, Öttershagen und Morsbach, namentlich die Schneiders, Öttershagens und Werners, die den Oberen und den Unteren Hof ausbauten. Später, beim Eisenbahnbau, gründeten diese Familien dann das Bahnhofsviertel und damit den eigentlichen Ort Schladern. Interessant ist dabei noch, dass vor wenigen Jahren der jetzige Prinz von Wied-Runkel eine Tochter des Barons von der Pahlen heiratete, die mit ihren Eltern in einem von mir im Garten des Hauses Schladern gebauten Bungalow wohnte, den ich der mit uns befreundeten und aus Estland geflüchteten Freiherren-Familie überlassen hatte, sodass die Familie von und zu Wied-Runkel nun wieder Grundbesitz in Schladern bekam.

Das nächste Kapitel schlug dann der preußische Landrat Oswald Königsberger auf. Er stammte aus Mülheim am Rhein, war dort zunächst Landrat, ab 1850 in Waldbröl und Windeck. Weitläufig verwandt mit den Grafen von Nesselrode hatte er außerdem hervorragende Verbindungen zum Hof in Berlin. Somit konnte er für sich ab Mitte des 19. Jahrhunderts nach und nach ein großes Nesselrodesches Besitztum im Windecker Raum günstig erwerben, samt der Burgruine Windeck selbst. Auf deren Burghof erbaute er ab 1855 ein historizistisches Schlösschen und ließ den ganzen Burgberg nach der Mode der Zeit in eine romantische Burg- und Ruinenlandschaft verwandeln. In den 1870er-Jahren schickte er sein Töchterlein Adolfine, mit Gouvernante natürlich, zur musischen Ausbildung erst nach Neapel, dann nach Palermo. Dort begegnete sie meinem Großvater, dem Conte und Bankier Antonio Constantini, und es war Liebe auf den ersten Blick."

Der Erzähler schaute zum Himmel auf, seufzte und trank wieder einen Schluck.
„Die Familie Constantini war keineswegs arm und unbedeutend, wie hier oft gemunkelt wurde. Sie stammte ursprünglich aus hussitischem Adel von der polnisch-böh-

mischen Grenze und musste nach dem Konzil zu Konstanz und der Verbrennung von Jan Hus 1415 außer Landes fliehen. Meine Vorfahren schlossen sich dazu einzelnen böhmischen Waldenser-Gruppen an, die schon lange Verbindungen zu Gemeinden in Oberitalien und Sizilien hatten. Dort angekommen, nannten sie sich in Erinnerung an ihren Jan Hus: die Konstanzer, Constantini. Sie trennten sich bald von den Waldensern und nach drei Generationen waren sie aus Heirats- und Karrieregründen auch schon zum Katholizismus konvertiert, geadelt und reich. Also heiratete die Adolfine Königsberger nach einigen Widerständen ihrer Familie 1882 den reichen Bankier Antonio Constantini und hatte ihn bald so weit, dass er mit ihr und seinem gesamten Vermögen nach Deutschland zog, erst in die elterliche Villa in Mülheim und später, nach einem großen Umbau, in das Schloss Windeck. Dort gefiel es ihnen so gut, dass mein Großvater sein Vermögen in weiterer Grundbesitz an Wäldern, Höfen und Rittersitzen anlegte, die alle heruntergekommen oder Ruinen waren, was er liebte. Ebenfalls kaufte er den gesamten Besitz der Familie von Leonard-Kurzrock mit der Burg Dattenfeld, deren östlicher Eckturm noch vom Rittersitz Niedecke stammt, und mit dem Hof Schladern, auf dessen letztem Eigentumsanteil der Constantinis wir jetzt sitzen.

Adolfine und Antonio hatten fünf Söhne: Louis und Quirinus starben früh, Oswald wurde 1945 im KZ ermordet. Mein Vater Wulfius und mein Onkel Antonio junior übernahmen die hiesigen Besitztümer und verwalteten sie weiter. Zuerst hatten sie das in Erbengemeinschaft versucht, dann brauchte Oswald für die Erweiterung seines Landgutes in Pommern eine Auszahlung des Pflichterbes und darüber kam es zum Streit, der auch politisch motiviert war.

Ich will die komplizierten Einzelheiten dieses Teils unserer Familiengeschichte hier nicht ausbreiten. Jedenfalls ging dabei ein großer Teil des Besitzes dahin. Das Schloss wurde 1945 von den Amerikanern in Brand geschossen – zusammen mit einem weiteren großen Teil unseres Vermögens. Unsere Familie hatte sich schon in den Hof Schladern und die Burg Dattenfeld geflüchtet. Onkel Antonio lebte in der Burg Wiese. Mein Vater hatte keine Kraft mehr und starb 1946 an seinen Kriegsverletzungen und an Kummer. Onkel Antonio versuchte sich noch in einigen typischen Nach-kriegs-Handelsgeschäften und wurde dafür 1951 ins Ge-fängnis gesteckt. Er starb 1958 ziemlich verbittert.

So blieb es mir vorbehalten, aus dem Rest des Constanini-Vermögens etwas zu machen. Ich begann 1948 mit den Gartenbau-Anlagen auf dem Krummaueler Feld, die bald ertragreich wurden. Nach dem großen Krieg und der Nachkriegszeit bestand ein sehr hoher Bedarf an Wieder-bepflanzung von Wald und Flur. Ich heiratete eine Frau aus dem Norden, mit der ich vier hübsche und intelligente Kinder bekam, baute zwei Bungalows, von denen ich einen der Familie von der Pahlen überließ, den anderen bewohn-ten wir selbst. Außerdem konnte ich einen Teil der Fa-milienwälder in der Nutscheid zurückerwerben mit weitläufigen Jagdpachten dazu. Schließlich war ich zeit-weilig der bekannteste Jäger der Bundesrepublik, nachdem ich hier einen Elch geschossen hatte. So baute ich aufgrund dieses Ruhmes in der erweiterten Feldscheune eine inter-national bekannte und sehr renommierte Jagdschule mit einer Pension sowie mit Lehr- und Tagungsveranstaltungen auf. Da war ich in den 70er- und 80er-Jahren auf dem Höhepunkt meiner Karriere."

Dann erwischte es auch mich: meine Frau ließ sich schei-den unter Mitnahme des halben Besitzes, die Kinder waren in Ausbildung und kosteten viel. Schließlich kam noch der Jagdunfall dazu, nach dem ich teilweise gelähmt war und weder die Jagdschule noch den Gartenbau-Betrieb mehr richtig leiten konnte, sodass das alles zu Bruch ging.

Alles, was mir geblieben ist, sind diese zwei Morgen Land, auf dem die Feldscheune steht, und diese selbst, in die ich einzog, da sie ja für die Jagdpensionäre schon ausgebaut war. Außerdem noch einige kleine Waldstücke, vorwiegend im Bereich der alten Rittersitze. Die Fundstücke, die ich dort aufgrund meiner neuen archäologischen und historischen Tätigkeiten entdeckte, gehören tatsächlich mir, sobald ich sie vom Landesmuseum registrieren lasse, was ich natürlich tue – schließlich bin ich eingetragener Denkmalspfleger. Dies nur noch zu Ihrer Beruhigung, damit Sie nicht das bedrückende Gefühl haben müssen, dass wir hier illegale Geschäfte machen. Es geht alles mit rechten Dingen zu. Und nun noch mal: ein Prosit auf das Eburonengold, das wir alle suchen, und von dem jeder von uns vielleicht schon ein Zipfelchen in der Hand hat.

Prost, die Herren, genießen Sie den alten Martell, bevor Sie mir von sich erzählen!"

X

Das Komplott

„Zum Wohle, Herr Constantini! Auf unsere Zusammenarbeit!"
Unterseeer hob sein Glas.

„Ich bin ganz sicher, dass wir uns gegenseitig viel zu berichten haben, wertvolle Informationen austauschen können und auch vielleicht einige Geschäfte machen werden. Was meinen Sie, Herr Bayer?"

Karl ließ alles Gehörte im Schnelldurchlauf passieren und entschied sich dann fürs Mitmachen.

„Ja, ein Prosit vor allem auf Ihren ungeheuer umfassenden und verdichteten Geschichtsvortrag, wie ich ihn in dieser Weise noch nie gehört habe. Das war beeindruckend."

„Naja, es war ein bisschen kursorisch. Der Teufel steckt ja bekanntlich im Detail, und gerade über die für uns wichtigen Details müssen wir uns noch unterhalten",
brummte der Grandseigneur vor ihnen.

„Sie kennen ja noch gar nicht meine Pläne mit Ihnen, deshalb seien Sie vorsichtig mit Vorschusslorbeeren! Doch bevor ich Ihnen die eröffne, muss ich mich noch ein wenig über Sie informieren. Den Unterseeer kenn ich ja schon etwas von unseren vergangenen Geschäften. Und schließlich hab' ich auch ein bisschen mitgeholfen, mit meinen Verbindungen und mit unserem verstorbenen Ortspolitiker zusammen, ihm die schöne Villa und die Industriebrache zu verschaffen, wozu ich mich natürlich vorher schlau gemacht habe über ihn."

Karl kam ins Grübeln, doch es ging weiter.

„Aber von Ihnen, Bayer, hab ich auch in Historikerkreisen oder unter den hiesigen Heimatforschern noch nichts gehört. Deshalb bin ich mal gespannt darauf zu erfahren, wie Sie zum Sachverständigen geworden sind – und an so einen schwergewichtigen Sammler wie den Unterseeer hier, geraten konnten. Meine Karten liegen auf dem Tisch, jetzt die Ihren."

Bei Constantinis letzten Sätzen war dem Angesprochenen das Blut in den Kopf gestiegen, vielleicht auch vom alten Martell, was man zum Glück in dem dämmrigen Zimmer nicht sehen konnte. Natürlich hatte er sich vorher eine größtenteils überprüfbare Legende zurechtgelegt, denn irgendwann wären die Recherchen zu seiner Person sowieso gekommen. Nur so direkt hatte er das nicht erwartet, deshalb stotterte er anfangs noch etwas, auch weil ihm durch den Kopf ging, was sein Partner ihm alles noch verschwiegen haben mochte über die frühere Zusammenarbeit mit Constantini. Und vor allem: warum wohl!

„Aalsoo, von mir gibt's nicht annähernd so viel zu erzählen wie von Ihnen und Ihrer Familie. Die Bayers stammen bekanntlich aus einem süddeutschen Freistaat, wurden vermutlich im Dreißigjährigen Krieg ins Rheinland verschlagen. Um hundert Ecken herum soll meine Familie noch mit dem berühmten Apotheker von Leverkusen verwandt sein, hat mein Vater jedenfalls immer behauptet. Ich bin in Köln aufgewachsen, hab' brav Deutsch und Geschichte fürs Lehramt studiert und dann einen Studienratsposten an der großen Troisdorfer Gesamtschule bekommen. Habe eine Familie gegründet – drei Kinder, fünf Enkel – und bin nach der Pensionierung hierhergezogen. Ich hatte sowohl Großstadt wie Kleinstadt satt. Und hier in Schladern besteht durch den Bahnhof eine gute Verbindung zur Welt. Damit meine ich den ICE-Bahnhof Siegburg/Bonn und die drei relativ schnell erreichbaren Großflughäfen. Dabei auch noch eine idyllische und geschichtsträchtige Landschaft. Ich hab' schon in Troisdorf meine Hobbies Literatur und Geschichte gepflegt mit einigen Artikeln in den Troisdorfer Jahresheften, Mitarbeit im Literaturcafé Troisdorf und schließlich mit einem historischen Singspiel über den Eschmarer Bänkelsänger und Propheten Spellbähn.“

Jetzt erhob Karl sein Glas und prostete den anderen zu.
„Nach dem Umzug hierher hab' ich mich dann bei den UHUs umgeguckt, die Sie sicher auch kennen. Aber da ich so ein Vereinsleben nicht mag, bin ich nur korrespondierendes Mitglied geblieben. Das heißt, ich nutze deren

Know-how, und das ist beachtlich, ohne den Vereins-statuten verpflichtet zu sein. Darüber hinaus hab' ich mich in Köln seit der Pensionierung ins Seniorstudium für Kunstgeschichte und für Paläontologie fest eingeschrieben. Ich arbeite zeitweilig mit meinem Schwiegersohn zusammen, der Kunsthistoriker ist und gute Verbindungen zum Landesmuseum hat. Über ihn bin ich da auch ehrenamtlicher Denkmalpfleger"

Er erhob erneut sein Glas in Richtung Gastgeber, der auch sogleich das Wort ergriff:
„Dann wissen Sie ja auch Bescheid, wie das mit den archäologischen Fundsachen im Gelände ist. Die gehören in Nordrhein-Westfalen immer dem Gelände-Eigentümer, es sei denn, er hat auf Anfrage darauf verzichtet. Nur dann gehören sie nach Registrierung im Landesmuseum dem Finder. Gehen Sie da mit mir konform?"
Jetzt klang die Stimme des Gastgebers nicht mehr sonor, sondern eher scharf.
„Ja, sicher! Das ist Landesgesetz",
beeilte Karl sich zu antworten.
„Und was sagen Sie denn dann zu diesen interessanten Fotos, Herr Bayer?"

Er reichte dem Angesprochenen lässig vier großformatige Abzüge rüber, auf denen ziemlich deutlich dessen Grabe-Aktion am Dreiseler Umlaufberg zu erkennen war. Auf dem letzten, auf dem er dabei war, einen Gegenstand in die Tasche zu stecken, konnte man sogar sein Gesicht recht gut erkennen. Ihm wurden die Ohren heiß. Damit hatte er nun aber gar nicht gerechnet. Der alte Fuchs hatte den Spieß ruck-zuck umgedreht!
„Au Backe!",
entfuhr es ihm spontan.
„Das, ehem, das war eine wissenschaftliche Untersuchung für eine Publikation über die Kelten an der Sieg."
„Die aber nicht mit dem Grundstückseigentümer abgesprochen war und bei der wertvolle Fundstücke zu privaten

Zwecken entwendet wurden, wie man deutlich sehen kann."
„Ja, aber doch nur vorübergehend und nur zu Bestim-
mungs- und Einordnungszwecken."
Karl sah verunsichert zu ihm auf.
„In der Jurisprudenz nennt man so was eine Schutzbehaup-
tung. Der Münzfund – es war doch ein Regenbogenschüsselchen, nicht wahr? – gehört selbstverständlich per Gesetz
mir, dem Grundstückseigentümer. Die Bestimmung lasse
natürlich ich als der Besitzer durch das Landesmuseum
vornehmen. Haben Sie es dabei?"

„Äh, nein, das hab' ich zu Hause gelassen, wir wollten uns
doch hier nur Ihre Bestände anschauen."
Kaum hatte er es gesagt, wurde ihm bewusst, dass er damit
den Raub zugegeben hatte, und er biss sich auf die Lippe.

„Ob ich Ihnen das glaube, ist eine andere Sache. Aber
darum geht's jetzt nicht. Sie sehen, wie schnell man in einen
üblen Verdacht geraten kann. Ich könnte Sie anzeigen, und
dann wäre Ihre Hobby-Historiker-Karriere zu Ende. Aber
das will ich nicht. Ich möchte Ihnen beiden einen Vorschlag
zur Zusammenarbeit mit mir machen. Wie Sie inzwischen
sehen konnten, sind wir alle drei daran interessiert, das
Eburonengold, also deren Hauptkriegsschatz, zu finden
und die Raubgräber unschädlich zu machen, die sich in
meinem Revier herumtreiben. Damit meine ich nicht Sie,
Bayer, ich weiß doch, dass Sie ein harmloser Amateur sind,
hab' Sie lang genug beobachtet und mitgekriegt, wie Sie erst
hinter dem Unterseeer her waren und dann mit ihm zusammen hinter mir. Was meinen Sie jetzt dazu, meine Herren?"

Er richtete sich aus seinem Sessel auf, griff zum Glas und
prostete ihnen erneut zu. Unterseeer räusperte sich, nippte
an seinem Cognac und fing etwas holprig an:
„Ähm, also, das kam jetzt alles ziemlich überraschend.
Eigentlich wollten wir mit Ihnen ja nur gegenseitig Samm-
lerstücke ansehen und eventuell was miteinander tauschen.
Es ist zugegebenermaßen so, dass wir beide …",

er warf einen schnellen Blick zu seinem Partner rüber, „... natürlich besonders aus wissenschaftlichen Gründen sehr daran interessiert sind, mehr über die Kelten an der Sieg zu erfahren und selbstverständlich auch gegen Raubgräberei in der Region vorgehen wollen. Aber bei Ihrer hochinteressanten Darstellung Ihrer eigenen Aktivitäten sind doch noch einige Fragen offen geblieben, die ich gerne geklärt haben möchte."

„Bitte, bitte, fragen Sie nur, frei von der Leber weg. Prost!"

„War das eben nicht eine Art Erpressung meinem Kollegen gegenüber, und wenn ja, wozu benötigen Sie das? Zweitens haben Sie die Grundbesitzer-Rechte angesprochen, haben aber, soweit ich es mitkriegen konnte, sowohl in meinem Fabrikgelände als auch im Elmores-Fabrikbunker sowie in einem Stollen am Ende meines Grundstücks interessante Dinge gelagert, die man als archäologische Fundstücke bezeichnen könnte, und über die ich schon gerne einige Aufklärung hätte."

„War mir klar, dass Sie das fragen würden. Also zu Punkt eins: War doch nur ein Scherz unter Kollegen und diente auch dazu, dass Sie mich nicht falsch einschätzten. Was ja auch gelungen ist, nicht wahr? Zu Punkt zwei: Also waren Sie es doch im Bunker und im alten Grängelsberg-Stollen." Constantini lief zu Hochform auf.

„Da war ich mir mit meinen Mitarbeitern nämlich nicht ganz sicher. Wir vermuteten zuerst, dass die Raubgräberbande da eingedrungen war. Die hatten nämlich ihr Depot zunächst in einer Fabrikhalle, dann im Bunker, und als sie aufgeflogen waren, im Stollen eingerichtet. Meine Jungs waren mit dem Landrover immer nur hinter denen her. Aber bisher waren die schneller. Gestern ist es meinen Leuten zum ersten Mal gelungen, ihnen etwas von der Beute abzujagen und hierher zu schaffen. Dabei habt ihr sie vermutlich beobachtet und so euren Verdacht gegen mich erhärtet. Wir können uns gleich mal die Stücke anschauen, die sie aus dem Stollen gerettet haben, aber zunächst möchte ich Ihre Zusage einholen, dass wir drei in dieser Angelegenheit gemeinsame Sache machen. Wie sieht's aus mit Ihnen, die Herren Bayer und Unterseeer, sind Sie zufrieden mit meinen Erklärungen?"

„Also, was mich betrifft, finde ich das alles überzeugend, biete Ihnen meine Zusammenarbeit an und freue mich auf die fachliche Begutachtung Ihrer Mitbringsel von gestern." Unterseeer war mit dem Glas in der Hand aufgestanden und verbeugte sich feierlich vor seinem Gegenüber.

„Ja, dann schließe ich mich diesem Komplott auch an, obwohl ich noch etwas erschreckt bin über den kollegialen Scherz von eben. Und ich habe auch noch Sorgen darüber, wie die Raubgräberbande reagieren mag, und ob es nicht besser gewesen wäre, das alles der Polizei zu melden."

„Herrschaften, lasst uns das erst mal feiern! Natürlich wollen wir auch die Behörden noch einschalten, aber vorher werden wir uns als Kenner doch das Vergnügen gönnen dürfen, mal einen Blick auf diese Kulturschätze zu werfen, oder?", strahlte Constantini.

Karl erhob sich ebenfalls mit seinem Glas und prostete ihnen zu.

XI

Katerstimmung

Der Brummschädel beim Aufwachen am nächsten Morgen war nur zum Teil dem alten Martell zu verdanken, sondern zum Teil natürlich auch dem Erklärungsnotstand seiner Frau gegenüber. Das wurde ihm nach der dritten Tasse Kaffee klar. Spätestens als alle Eindrücke von Vortag wieder voll auf ihn einströmten und er merkte, das die Frau Gemahlin seinen Erklärungen nicht folgen konnte. Im Gegenteil: Sie machte ihn mit ihren Fragen nur noch verwirrter und nervöser. Da war offensichtlich vieles schief und holperig an der ganzen Geschichte. Wie lange und wie intensiv hatten die beiden schon zusammengearbeitet? Wieso hatten beide ihn schon so lange beobachtet, kontrolliert, ja sogar fotografiert? Ihn schudderte es. Das war ein verdammt unbehagliches Gefühl, zu wissen, dass man über Wochen, womöglich Monate schon, ständig Beobachter in seiner Umgebung hatte. Und warum war er ihnen so wichtig gewesen? Warum hatte Constantini nicht früher zugeschlagen, wenn er doch nach eigener Aussage ihr Treiben so genau unter seiner Observation hatte und außerdem über reichlich Hilfskräfte verfügte?

Jetzt kamen ihm auch wieder Zweifel an der Geschichte von Unterseeer. Der hatte sich zwar einen neuen Schlüssel für den Bunker anfertigen lassen und war trotzdem nicht drin gewesen? Unwahrscheinlich. Und dann will er nach dem Einzug in die Villa noch ein halbes Jahr dem Treiben dieser merkwürdigen Elemente auf seinem Firmengelände zugesehen haben, obwohl er da jede Menge wertvoller Antiquitäten gelagert hatte? Sehr unwahrscheinlich!

Wo war nur sein analytischer und logischer Verstand geblieben? Es kam ihm der Verdacht, dass er sich von beiden ganz schön hatte einseifen lassen! Ihm dämmerte es langsam, dass er Hilfe brauchte und dass dazu seine Teenie-Truppe nicht mehr ausreichen würde. Also müsste er als Nächstes mal mit seinem Schwiegersohn verhandeln, den er bereits bei Constantini als seinen Mitarbeiter angegeben hatte, der aber tatsächlich über gute Verbindungen zum

Landesmuseum verfügte. Zumindest würde er ihm erstmal seine beiden Fundstücke, das Regenbogenschüsselchen und die Tonscherbe zur Begutachtung mitgeben, um die Herkunft einordnen zu können. Denn da war er sich auch auf einmal nicht mehr sicher, dass das ganze Zeug aus dem Stollen wirklich regional war. Sie hatten sich das zwar gestern Abend alles noch mit großer Begeisterung angesehen, waren aber alle drei schon ganz schön angeschickert gewesen dabei. Und auf seine fachliche Urteilskraft hatte er sich bestimmt nicht mehr verlassen können.

Und was hatten sie noch alles vereinbart mit ihrem Komplott? Sie wollten die Raubgräber observieren und sie, wenn möglich, beim zu erwartenden neuerlichen Abtransport der Beute aus dem Stollen in flagranti stellen und der Polizei übergeben. So ganz konnte er die Einzelheiten ihrer Absprache nicht mehr rekonstruieren. Aber er war sich sicher, dass sie ein Treffen zur weiteren Planung vereinbart hatten für übermorgen in der Feldscheune, da Constantini diese angeblich nicht mehr verließ.

Also wurde es nun Zeit für ihn, einiges zu veranlassen und auch mal bei den Jungs nachzufragen wegen der Kennzeichen von den Nobelkarossen, die sie vorgestern am Krummauel beobachtet hatten. Und die weitergehenden Recherchen über seine beiden Kumpels standen auch noch an. Im Internet hatte er bisher über sie nicht viel herausgekriegt, außer dass sie hier ansässig waren. Und das war an und für sich schon sehr merkwürdig, wenn man bedachte, dass beide sich vieler Kontakte rühmten und dass sie mit hoch begehrten Sammlerobjekten beschäftigt waren. So etwas schlägt sich normalerweise in den neuen Medien nieder, es sei denn, sie hätten was zu verheimlichen. Er musste sich also noch andere Informationswege suchen. Bei den UHUs und einigen Journalistenfreunden vielleicht.

Der Kater war noch nicht ganz überwunden, je älter er wurde, desto länger hielten solche Zustände leider an, da trafen die ersten Ergebnisse seiner Rundfragen per E-Mail und Telefon ein. Die machten ihn rasch wieder etwas wacher und lebendiger: Die Bonner Nummern waren ermittelt, die Berliner herauszukriegen, wäre zu aufwendig, und überhaupt wollte der „Hiwi-Onkel" nicht mehr bei den „Spielen" der Jungs mitmachen, das würde zu auffällig. Immerhin wusste Karl jetzt: Der eine Bonner war von einer indischen Handelsgruppe, der andere von einer aus Montenegro. Das hörte sich durchaus nach mafiösen Connections an. Und der Berliner dürfte auch von dieser Sorte sein: Der mit Karl befreundete Journalist vom Stadtanzeiger hatte sich gemeldet und um einen Gesprächstermin gebeten, denn mit der Personen-Recherche sei er wohl in eine hochinteressante Geschichte reingeraten, an der er dranbleiben werde. Mehr wollte er jetzt nicht rausrücken und sich nur Zug um Zug mit Karl austauschen. Dazu hatten sie sich für den nächsten Vormittag verabredet.

Schließlich rief auch Ralph an, Karls Schwiegersohn, nachdem er diesem noch am Morgen, bevor er zur Arbeit fuhr, die beiden Artefakte rübergebracht hatte. Ralph teilte ihm lakonisch mit, dass es sich um Falsifikate handele. Das sei seine ganz persönliche Ansicht, ohne dass er jetzt schon die Fachreferenz seiner Freunde am Landesmuseum habe einholen können. Beide Stücke seien zwar gut gemacht, aber doch nachweisbar falsch. Er würde sich am nächsten Tag wieder melden mit den Urteilen der Experten.
Karl war wie vom Donner gerührt.
Das war jetzt ein Ding! Er konnte sich noch gar nicht richtig beruhigen. SEIN Regenbogenschüsselchen eine Fälschung? Er soll sich mit seinem ganzen Sachverstand derart getäuscht haben? Kaum zu glauben! Und die anderen? Haben die sich auch getäuscht? Oder vielleicht ihn täuschen wollen? Und wie ging's jetzt weiter?

Natürlich musste er das Ergebnis abwarten, aber wenn Ralph recht hatte, dann mussten die Münzen dort vergraben worden sein, damit er sie fände! Vielleicht, weil seine Suche am Dreiseler Umlaufberg schon lange beobachtet worden war? Und um ihn reinlegen zu können mit den Fotos! Oder um die Fälschungen durch ihn zu „waschen"? Und dann noch die Journalistengeschichte, da brauchte er auch Genaueres ehe er sich einen Reim darauf machen konnte.

Karl war zu nervös geworden, um sich jetzt einfach nur hinzusetzen und abzuwarten. Also machte er sich auf, um die diversen „Tatorte" noch mal zu inspizieren. Ein bisschen frische Luft würde dem Restkater auch nicht schaden.

Als Erstes schaute er am Bunker vorbei; alles schien unverändert. Dann inspizierte Karl die Villa, deren Außentore verriegelt waren. Alle Vorhänge waren zu und alles sah dunkel und verlassen aus. Vom Steinerbergweg aus überblickte er das ganze Fabrikgelände und auch da rührte sich nix drin. Jetzt schlich er sich am Zaun entlang zum Anglerweg und vorsichtig weiter zum Stollen, auf Indianerart. Er rechnete damit, dass Constantini hier vielleicht irgendwo seine Polenmannschaft zum Observieren versteckt hatte. Aber er konnte niemand beobachten, und die Stollentür war auch verschlossen. Also wieder zurück und rauf zum Burgplateau und dem Jägersitz. Dort kontrollierte er den unauffälligen und anscheinend unberührten Schacht samt Abdeckung. Schließlich erinnerte sich Karl an den dritten Stollengang, den sie nur ein paar Meter eingesehen hatten und der in Richtung Dreisel zeigte. Wo mochte der wohl rauskommen, wenn er überhaupt irgendwo rauskam, dachte er. Probeweise stellte er sich am Schachtende so auf, wie sie unten im Stollenzentrum gestanden hatten, bevor sie in den mittleren Gang reinmarschierten. Dann versuchte er, dessen Richtung genau zu erinnern und diese hier oben streng einzuhalten. So wanderte er hundert Meter geradeaus und merkte schnell, dass es nicht direkt auf Dreisel zuging, sondern zum Berghang zwischen Löh und Dreisel.

Als er sich durch ein Stück Wald, eine Rodung und ein paar Weidezäune immer weiter geradeaus an den Fuß des Abhangs durchgeschlagen hatte, stand er vis-à-vis zum Umlaufberg und ziemlich genau unterhalb der Stelle, an der er gegraben und die Höhlung samt Inhalt entdeckt hatte, nur auf der anderen Straßenseite. Wieder so ein merkwürdiger Zufall, oder doch nicht? Er schaute sich um und entdeckte hinter sich im Hang eine kleine Quelle samt Quellmulde. Beim Näherkommen, es war zwar dämmrig, aber gerade noch genug Licht, sah Karl, dass um diese Quelle eine grobe Bruchsteineinfassung erkennbar aber stark von Gestrüpp überwachsen war. Als er das beiseite schob, erschien dahinter eine größere und ältere Steinmauer, die fast wie ein zugemauertes Portal wirkte und aus der die kleine Quelle sprudelte. Ob das die diesseitige Stollenöffnung war? Das würde er sich noch mal gründlicher und mit Werkzeug bewaffnet ansehen müssen. Jetzt war es ohnehin zu dunkel geworden. Sorgfältig zog er den Gestrüppvorhang wieder zu und machte sich auf den Rückweg.

Am nächsten Morgen stand Karl etwas früher auf, weil er Kurt, den Journalisten, zum Frühstück bestellt hatte. Der wollte gleich danach in seine Redaktion fahren. Karl war den gestrigen Kater zwar los, hatte aber trotzdem Kopfschmerzen. Das kam wohl von der Anspannung. Sein Gast kam pünktlich. Sie begrüßten sich herzlich und futterten los. Noch mit vollem Mund meinte Kurt plötzlich: „Du musst mir schon die ganze Geschichte erzählen, damit ich das Ausmaß des Sumpfes abschätzen kann, in den wir da reintapern! Deine beiden Kandidaten sind erstens keine unbeschriebenen Blätter, im Gegenteil, sie arbeiten offensichtlich seit Jahren zusammen und werden von mehreren Behörden mindestens verdeckt beobachtet, wenn nicht sogar als Mitarbeiter eingesetzt und kontaktiert!"
„Woher hast Du denn solche Infos?",
fragte Karl überrascht,
„ich selbst hab' mich im Internet sehr lange vergeblich danach umgeschaut ..."
„Das ist es ja gerade. Wenn heute einer im Internet überhaupt nicht zu finden ist, ist was Besonderes im Gange mit

dem Kerl. Unsere Rechercheprogramme kriegen sofort raus, wer sich aus den Suchmaschinen hat aussperren lassen und durch wen. Und wenn dahinter Bundesämter und ähnliche Dienste sind, wissen wir gleich, wo wir weitersuchen müssen. Und interessanterweise tauchen die beiden Namen immer wieder gemeinsam oder miteinander kombiniert auf. Und das ziemlich genau seit der Wende. Und mit ihnen noch der Name eines anderen bekannten Schladerner Bürgers, der inzwischen verstorben ist und den du auch ganz gut kanntest."

„Du meinst wohl diesen Parlamentarischen Staatssekretär?"

„Genau! Und dann weißt du auch gleich, aus welcher Richtung die Kiste kommt und in welche sie driftet. Und jetzt mal raus mit der Sprache: Was ist hier los? Erste Version im Telegrammstil, die Einzelheiten hol' ich mir dann schon."

Karl wusste, er hatte keine Chance, wenn Kurt sich einmal verbissen hatte, also versuchte er es mit einer abgespeckten Version:

„Aber ohne Mikro, das musst du mir versprechen, Kurt, und ohne meinen Namen!"

„Ist schon okay, nur ein bisschen Steno, ich kann's ja zum Glück noch traditionell."

Also erstattete Karl ihm einen knappen Bericht, in dem er lediglich einige Peinlichkeiten über sich selbst ausließ.

„Donnerwetter! Das ist ja starker Tobak! Da müssen wir uns eine gute Strategie überlegen."

Karl atmete auf und war froh, dass er diesen gewieften und gut gerüsteten Burschen mit im Boot hatte!

Jetzt konnte er sich auch dem Frühstück etwas entspannter widmen.

XII

Planspiele

Noch am gleichen Vormittag meldete sich Ralph wieder. Seine Experten hätten superschnell gearbeitet, weil sie nämlich an den Stücken sehr interessiert seien. Ähnliche hätten in der letzten Zeit mehrfach zur Begutachtung vorgelegen. Deshalb hätten sie ihren Massenspektrometer schon im laufenden Betrieb gehabt.

„Also, um es kurz zu machen",
schmetterte er mit seinem opernreifen Bariton ins Telefon, „beides Fälschungen aus Indien, hervorragende Qualität und als solche sogar wertvoll. Das Regenbogenschüsselchen ist nicht aus Elektrum, der bei Lydern, Griechen, Kelten damals meist verwendeten Gold-Silber-Kupfer Metall-Legierung, sondern aus einer wunderbaren indischen Legierung mit Kupfer, Zinn, Zink, Iridium, Palladium und Tantal, die das alte antike Elektrum täuschend nachahmt, einschließlich seiner kupferbedingten Patina.

Wir Fachleute nennen diese Legierung ‚Manga' und sie ist das wichtigste Fälschungsmaterial für Gold- und Elektrum-Münzen geworden. Die Tonscherbe ließ sich auch einem indischen Produzenten zuordnen; die Tone sind durch Mineralgehalt und Körnung genau nach lokaler Herkunft bestimmbar. Beide Falsifikate sind exakte Kopien ihrer bekannten und gelisteten Vorbilder und wären als Ausstellungsstücke geeignet, wenn sie nicht identisch bereits in Serie auftreten würden – zusammen mit anderen ähnlich gut gemachten Fälschungen. Deshalb wollen meine Leute mit dir unbedingt sprechen, um die ganze Geschichte zu erfahren, und zwar heute noch, weil sie brandeilig hinter den Fälschern her sind!"

„Gut, Ralph, das spielt mir in die Karten. Danke erst mal für die superschnelle Reaktion. Ich hab' heute Nachmittag noch ein Treffen hier mit dem Kurt und seinem Redaktionschef vom Stadtanzeiger, da könntest du mit deinen Leuten gut dazustoßen, um 17 Uhr bei mir?"
Karl säuselte geradezu:
„Ich selbst bin sehr daran interessiert, dass wir rasch zu Potte kommen, da ich mich morgen früh wieder mit den

beiden Herren treffen soll, um die Strategie gegen die vermeintliche Raubgräberbande mit ihnen zu verhandeln. Dafür brauche ich einen guten Plan von euch!"

„Ja, geht klar! Wir sind da um fünf, und deinen Plan wirst du kriegen. Nur das mit der Presse macht mir Sorgen", meinte Ralph,

„wir brauchen unbedingte Geheimhaltung, bis wir die Drahtzieher im Kasten haben. Aber vielleicht ist es besser, wir können die Presseleute mit einbinden, als dass sie uns andauernd wild hinterherschnüffeln. Also bis nachher!"

Es war noch nicht mal fünf Uhr, als sie alle sich schon im zum Glück geräumigen Wohnzimmer versammelt hatten: Neben Karl und seiner Frau waren der Reporter Kurt mit seinem Chef zugegen sowie der Schwiegersohn Ralph mit Uta, seiner Archäologen-Freundin aus dem Landesmuseum, einer energischen und attraktiven Blondine.

„Herrschaften, nun mal ein bisschen Disziplin und nicht alle durcheinander! Ich denke, wir sind uns einig, dass wir die Polizei erstmal draußen vorlassen und sie allenfalls im Notfall und nach Abschluss der Veranstaltung dazurufen, oder?"

Ralph setzte sich mit seinem Bariton gegen das immer stärker angeschwollene Stimmengewirr durch.

„Und wir sind uns ebenfalls einig, dass wir bis zum Endergebnis alle auf der gemeinsamen Linie bleiben. Nur so ziehen wir alle unseren Nutzen daraus. Wir Museumsleute, indem wir mit einem Schlag diese vermuteten internationalen Kunstfälscher aus dem Verkehr ziehen, ihr Presseleute, weil ihr von uns die Exklusivrechte einschließlich Fotos an der ganzen Geschichte bekommt, und du, lieber Schwiegerpapa",

er drehte sich zu Karl um und grinste ihn breit an,

„weil du dich dadurch am elegantesten aus der Affäre ziehen kannst, und dann doch noch zu einem Artikel über die Kelten an der Sieg kommst, wenn auch vielleicht ein bisschen anders als gedacht."

„Also, ich fasse alle unsere Überlegungen mal zusammen" ergriff die Archäologin vom Landesmuseum das Wort, nachdem sie sich als die Leiterin der „Untersuchungsgruppe Manga" vorgestellt hatte:

„Wir haben es mit einer weit verzweigten Händlerorganisation zu tun, die sich vor allem aus Indien, Persien und Montenegro versorgt. Die Bande hat sich möglicherweise hier zusammengetan mit zwei in der Branche als Experten bekannten Persönlichkeiten, die darüber hinaus über politische Verbindungen und lokale Besitztümer verfügen. Über sie könnten sowohl die Fälschungen als auch Fundstücke mit Echtheitszertifikaten versehen werden. Nach unseren bisherigen Vermutungen sind die Lieferungen aus Indien und Persien über Montenegro zunächst in den Elmores-Hallen, dem Luftschutzbunker und dem Grängelsbergstollen gelagert worden. Sie sind dann möglicherweise in den jeweiligen historischen Territorien der Region eingebuddelt worden – und zwar stets in Waldgrundstücken, die zum Besitz von Herrn C. gehören."

Sie nahm einen Schluck Kaffee und fuhr fort:

„Vermutlich von diesem selbst – oder seinen diversen Helfershelfern – wurden die ‚Schätze' dann ‚entdeckt'. Diese legte man dann, scheinbar ordnungsgemäß, zwar nicht uns in Bonn vor, sondern unseren Kollegen am Paläontologischen Museum Mon Bijou in Neuwied, einer Außenstelle des Landesmuseums Mainz. Mit den Kollegen dort gibt es hier in der Region leider geschichtlich-politisch bedingte Kompetenz-Überschneidungen. Unter diesen an sich hervorragenden Fachleuten waren in der Vergangenheit manche Kollegen, die es mit der Begutachtung nicht so genau nahmen, zumal das ursprünglich städtische Museum unter Geldnot litt. Das ist inzwischen aufgeflogen, da die falschen Zertifikate im Handel erschienen. Das Personal wurde ausgetauscht, das Museum ganz an Mainz überstellt, umgebaut und neu formiert, sodass diese beliebte Kunstwäscherei vorbei ist. Möglicherweise haben die beiden Herren unseren Gastgeber hier ausgesucht, um über ihn neue Zugangswege zu uns zu finden."

Die Archäologin zwinkerte Ralph leicht lächelnd zu:
„Vielleicht war es auch nur ein Zufall. Jedenfalls sitzen die
beiden in einer Klemme und müssen sich was einfallen lassen. Wir möchten nun der Ware und der Dealer habhaft
werden – und dass uns Herr Bayer entscheidend dabei hilft.
Wenn die beiden Herren tatsächlich einen selbst inszenier-
ten Überfall auf die sogenannten Raubgräber planen, dann
dürfte das Ganze für den Herrn Bayer getürkt und gestellt
sein. Er soll weiter von authentischen Funden ausgehen
und ihnen helfen, dass diese entweder unzertifiziert in den
Schwarzhandel kommen oder auch über Beziehungen – wie
die zu Ralph und zu den UHUs – an zertifizierende Kollegen in den entsprechenden Institutionen.
Vielleicht wollten die beiden noch vor ein paar Tagen, als
Sie das beobachtet haben, an die Geschäftspartner aus dem
Osten einiges von den Vorräten wieder zurückgeben. Ohne
Erfolg anscheinend. Wie dem auch sei, wir fänden es jedenfalls am Praktischsten, wenn die den ‚Raubgräbern‘ abge-
nommene Beute erst wieder in den Elmores-Hallen, oder
allenfalls noch im Bunker gelagert würde, weil wir dort das
Gelände bestens umstellen und überwachen können und
einen einfachen Zugriff haben. Dafür müssten Sie sich
einen plausiblen Grund einfallen lassen, Herr Bayer.
Außerdem müssen wir natürlich eine Nachrichtenkette auf-
bauen, durch die wir wissen, wann, wie und wo die erste
Aktion losgeht und wann und wo die Beute dann im Elmores-Gelände abgeladen wird. Außerdem sollten wir natürlich auch ein paar Einzelheiten über die Mannschaftsstärke
und eventuelle Ausrüstung der Gegenseite wissen. Meinen
Sie, dass Sie das alles hinkriegen, Herr Bayer?“

„Hm, also, das ist schon 'ne Menge Zeugs, die Sie mir da
zumuten“,
meinte der Angesprochene etwas bedenklich.
„Aber ich glaube, ich krieg das schon hin. Bin ja froh, wenn
ich mit Ihrer Hilfe aus der Nummer einigermaßen anstän-
dig rauskomme. Also für die Lagerung im Elmores-Gelände
könnte ich die inzwischen vom Eigentümer perfektionierte

Gelände-Absicherung anführen, für deren Überwindung Sie sich auch noch was einfallen lassen müssen. Und die Nachrichten können wir über die Handy-Programmierung mit Knopfdruck-Anruf machen, den ich in der Hosentasche blind beherrsche. Der hat bei den verschiedenen Adressaten von Ihnen dann unterschiedliche Bedeutung. Den Code tüfteln wir gleich noch aus. Übrigens haben mir auch noch einige UHU-Leute ihre Hilfe angeboten, ohne dass ich sie in die Einzelheiten eingeweiht habe. Und vielleicht könnten wir auch die Jungs mit einsetzen als Läufer und Melder. Die sind schnell und gewitzt."

„Ja, gut! Dann ist ja alles klar",
rief Ralph begeistert aus,
„fehlt nur noch die Detailarbeit der Aufgabenverteilung und des Generalstabplans!"

Am anderen Morgen holte Karl ziemlich früh einen gut gelaunten Unterseeer von der Villa ab und fuhr mit ihm zur Feldscheune.
„Das Ganze sollte jetzt ziemlich einfach für uns sein",
erfüllte Constantinis sonore Stimme den Raum.
„Meine Beobachter haben gemeldet, dass bisher nix abtransportiert wurde. Die Gegenseite hat inzwischen eine eigene Observation eingerichtet, die Sie Ihrerseits aber voll im Blick hätten. Somit wollen die wohl uns in flagranti erwischen. Ich finde, das können die haben! Wir inszenieren denen einen gestellten neuen Zugriffsversuch, lassen unsere Leute von denen einkesseln und kesseln die Einkesselnden selber wieder ein, dä! Genial, was?"
„Und was machen wir dann mit den Gefangenen und mit der ganzen Beute von ihnen? Schien mir 'ne Menge zu sein",
wagte Karl einzuwerfen.
„Oh, da machen Sie sich mal keine Sorgen",
lächelte ihn der aufgeräumte Villenbesitzer an,
„Beide sind bei mir in dafür vorbereiteten Firmenräumlichkeiten bestens und komfortabel aufgehoben. Ich habe das Gelände rundum absichern lassen. Wir haben dann Zeit und Ruhe, zunächst einmal eigene Vernehmungen der De-

linquenten über die Grabungsstellen und deren Vorgehens-
weise durchzuführen. Außerdem können wir die ganze
Beute einmal gründlich sichten auf ihre lokale Herkunft
und die historische Provenienz. Daran sind Sie doch sicher
auch interessiert! Danach können wir alle und alles in Ruhe
der Polizei respektive dem Landesmuseum übergeben. Machen wir das aber zu früh, dann sehen wir von den Objekten
entweder gar nichts mehr wieder – oder erst nach Jahren
was. Und das, obwohl einiges davon, wenn nicht fast alles,
von seinen oder meinen Grundstücken stammt, also unser
Eigentum ist. Was meinen Sie, Constantini?"

„Sie haben vollkommen recht",
erwiderte der standesgemäß gekleidete „Großwildjäger."
„Wir sind berechtigt und verpflichtet, unser Eigentum ab-
zusichern und zu markieren, bevor wir es den Behörden zusammen mit der Täterbande in den Schoß legen. Also, ich
schicke Ihnen beiden morgen früh um halb fünf eine SMS
mit: „Los!", und Sie finden sich dann sofort am Tor der Villa
ein! Alle meine Leute sind instruiert und präpariert, und
Ihre, verehrter Herr Unterseeer, unterstellen Sie meinem
Vormann, der sie einweist!"

Constantini blickte grimmig lächelnd in die Runde.
„Und jetzt noch mal: Ein Prosit auf den Endkampf!"

XIII

Treibjagd

Der Wecker surrte. Nein, das war nicht der Wecker, das war das Handy, das noch auf Vibration geschaltet war. Karl machte Licht und drückte „Anzeigen". Auf dem Display stand „Los!" – und außerdem: „04:31"!

Oh, Mann! So früh hatte er wirklich nicht damit gerechnet. Was half's, er erhob sich mühsam. Die morgendlichen Beschwerden ließen erst nach einiger Bewegung nach. Er leitete die „Los"-SMS an einige abgesprochene Adressen weiter, zog sich an, schnappte sich ein trockenes Brötchen aus dem Kasten, schlürfte hastig einen Becher Milch aus dem Kühlschrank und machte sich auf in die Dunkelheit.

Am oberen Elmores-Tor standen zwei Gestalten in Jägerkleidung, anscheinend die Vormänner von Constantini und Unterseeer, und der Letztere selbst im langen Lodenmantel.
„Guten Morgen! Kommt Herr Constantini noch zu uns hierher?",
begrüßte Karl die Anwesenden leise.
„Nee, der kann doch nicht so viel laufen. Der leitet die Aktion von zu Hause aus",
flüsterte Unterseeer zurück.
„Wir sind komplett und können langsam hochmarschieren. Unsere ganze übrige Mannschaft ist platziert. Um fünf Uhr geht's los!"

Sie schlichen nicht den Hauptweg, sondern den Gipfelpfad zum Steiner Berg hoch, ein Stück Richtung Kreisstraße durch den Wald, dann auf Dreisel zu und in Höhe des Margaretenburg-Plateaus zu einem außerhalb stehenden Jägersitz. Von den Vormännern wurden sie eingewiesen. Die entfernten sich zum Burg-Tumulus. Oben im Ansitz holte sein Begleiter ein Jagdgewehr aus dem Mantel. Das hatte Karl vorher nicht gesehen.
„Nur für alle Fälle. Bin zwar nicht so passioniert wie der Constantini, aber hie und da schon mal auf seine Einladung hin mitgegangen zur Jagd",
erklärte Unterseeer flüsternd.

„Und Sie glauben, dass die gewalttätig werden könnten und sogar Schusswaffen dabeihaben?",
fragte Karl leise und drückte dabei die Drei mit dem Daumen auf seinem Handy in der Hosentasche.
„Man weiß nie. Scheint 'ne gut organisierte Bande zu sein. Die kommen meist aus dem Osten und sind oft auch bewaffnet. Haben Sie nichts zur Gegenwehr dabei?"
„Also, ich wollte eigentlich nur ein paar Diebe und ihre Beute fassen und keine Schlacht schlagen!"
Da, jetzt krachte es plötzlich ein paar Mal im Abhangbereich der Burgruine links vor ihnen.
„Revolverschüsse!",
presste sein Nachbar hervor und legte seine Flinte auf der Brüstung an in Richtung der Knallerei.
„Bleiben Sie unten, denn die könnten hier durchzubrechen versuchen. Ich passe auf!"

In diesem Moment krachte das Unterholz vor ihnen, ein Motor heulte auf. Eine schwere Geländemaschine raste an ihrem Sitz vorbei Richtung Dreisel. Sein Daumen suchte fast automatisch die Drei und die Vier auf dem Handy und drückte beide. Dann rannten zwei fluchende Männer aus dem Busch heraus unter ihnen durch zur nahen Baumschule. Sie sprangen in den dort abgestellten Landrover und brausten dem Flüchtling nach.
Unterseeer hatte bei allem Getöse keine Reaktion gezeigt und drehte sich jetzt langsam zu ihm um.
„Da waren zwei Kerle auf dem Cross-Motorrad. Wahrscheinlich sind den Unsrigen jetzt die Hauptträdelsführer durch die Lappen gegangen. Ich glaube, wir können uns mal zum Auge des Hurrikans hinbewegen. Kommen Sie!"
Unterseeer kletterte vom Ansitz runter, das Gewehr in der Hand, hatte aber nicht versucht, mit seinem Handy zu den Vormännern oder den anderen Kontakt aufzunehmen.
„Meinen Sie nicht, dass da noch mehr Bewaffnete sein könnten?",
fragte Karl scheinbar ängstlich zurück, um zu verbergen, dass er die ganze Show durchschaut hatte.

„Nee, kaum zu glauben, sonst hätte es noch weitere Schüsse gegeben. Wir haben acht Männer da platziert. Und ich hab' ja auch noch das Gewehr!"

Er hob es in den langsam heller werdenden Himmel und marschierte in den Wald voran. Wieder ging Karls Daumen auf Ziffernsuche, als er in fünf Metern Abstand folgte.

Sie liefen an dem Geröll-Tumulus vorbei auf einem Wildwechsel zum oberen Plateau und sahen schon bald vier Männer heftig gestikulierend am dortigen Jägersitz stehen. Der eine Vormann war dabei.
„Was ist los, Juri?",
rief Unterseeer schon von Weitem.
„Die zwei haben um sich geschossen und haben Maschine hier im Busch versteckt. Wir hatten keine Chance, waren doch nur mit Knüppeln bewaffnet",
rief der zurück.
„Aber die unten am Stollen haben wohl einen geschnappt, und einer ist noch im Stollen drin. Den suchen sie gerade."
„Dann erzähl jetzt mal der Reihenfolge nach, wie es gelaufen ist, aber nicht zu weitschweifig, sondern im Telegrammstil, wir haben noch was zu tun!",
befahl der Chef.
„Okay, Boss, wir haben zwei der Jungs an den Schacht geschickt und uns weitläufig drumherum aufgebaut. Die haben den Schacht geöffnet, da sind plötzlich die anderen von oben gekommen, haben was gebrüllt und gleich geschossen. Unsere Jungs haben die Hände hochgemacht, und wir sind schreiend mit erhobenen Knüppeln auf die Gruppe zu. Da haben die wieder geschossen, diesmal in unsere Richtung, und sind durchs Gebüsch geprescht zu ihrem Motorrad und ab."
Er holte tief Luft.
„Pavel ist dann runter zum Stollen und hat gesimst, dass die unten einen gepackt haben. Einer sei noch im Stollen. Und wir sollten oben am Schacht bleiben, damit er nicht darüber abhauen kann. Das war alles!"

„Dann sims dem mal zurück, die sollen uns jetzt vor allem die Beutekisten unten ans Seil hängen – und ihr hievt die dann hier durch den Schacht hoch",
befahl Unterseeer.
„Ich ruf den Constantini an, dass er uns den Landrover wieder herordert, damit wir das ganze Zeugs abtransportiert kriegen. Eventuell kommen die mit Verstärkung zurück. Deshalb lasst ihr die Ware unter keinen Umständen aus den Augen: immer zwei, drei Mann Bewachung dabei, bis alles fortgeschafft ist. Ich lasse euch sicherheitshalber auch mein Jagdgewehr hier, falls die anderen noch mal schießwütig werden sollten. Den Kerl im Stollen kriegen die schon, wenn sie den Mittelgang verrammeln und warten, bis ihn Hunger und Durst raustreiben. Und wir zwei …",
er wandte sich zu Karl um,
„wir wandern zurück zum Sammelpunkt, schauen uns den Gefangenen mal an und nehmen die Beute entgegen, um sie dann auch sicher zu verstauen. Von unterwegs kann ich unserm Kompagnon ausführlich Bericht erstatten und ihn den Landrover schicken lassen."
Sie brachen auf und marschierten zurück. Während Unterseeer lange mit Constantini telefonierte, ließ Karl sich den Ablauf des „Kesseltreibens" durch den Kopf gehen und drückte verschiedene Ziffern auf dem Handy in der Hosentasche. Es war inzwischen ganz hell geworden.

Unten bogen sie erst in den Anglerweg Richtung Stollen ein. Da kam ihnen auf halber Strecke einer der Männer entgegen und rief:
„Die haben den Gefangenen schon in die Fabrik gebracht, und der Pavel hängt gerade die Kisten ans Seil. Ich soll euch mit nach unten nehmen, um die Einlagerung vorzubereiten."
Also liefen sie mit ihm zum Seitentörchen, das der Boss ordentlich auf- und wieder abschloss, und gingen über die Kanalbrücke zur großen Halle.
Genau wie ich damals, dachte Karl, innerlich lächelnd, wer hätte das gedacht? Und in welch interessanter Konstellation diesmal! Wieder drückte sein Daumen zwei Ziffern.

Im abgeteilten ehemaligen Büroraum der Halle trafen sie zwei weitere muskulöse Männer. Die hielten einen dritten zwischen sich gepackt, obwohl der offensichtlich schon mit den Armen auf dem Rücken an einen Metallstuhl festgebunden war. Er sah finster vor sich hin und tat keinen Mucks.

„Was habt ihr aus ihm rausgekriegt?",
sprach Unterseeer sie an.
„Gar nix!",
antwortete der Ältere von den beiden,
„Mann ist stumm, oder versteht nix Deitsch."
Der Chef trat an den Delinquenten ran und packte ihn am Revers.
„He, du Gauner, für wen arbeitest du? Komm spuck aus, bei mir geht's noch nett zu. Wenn die beiden mal zur Sache kommen mit dir, dann wird's ungemütlich!"
Er zeigte auf die kräftigen Kerle neben ihm. Der Angesprochene rührte sich nicht und sah weiter auf den Boden.
„Also, ihr müsst ihn euch doch mal zum Spezialinterview im Turbinenhaus vornehmen. Aber macht ihn nicht ganz fertig. Wenn ihr den Eindruck habt, dass er wirklich nichts versteht, lasst ihr ihn in Ruhe, okay?"
„Iss gut, Chef!",
murmelten die beiden, banden den Gefangenen vom Stuhl los und stießen ihn vor sich her aus der Halle raus.

Da rumpelte auch schon dröhnend der blaue Landrover zum Hallentor rein. Er hielt mitten drin an, und Pavel und Juri, die beiden Vormänner, sprangen raus.
„Wohin mit dem Krempel, Boss?"
„Habt ihr denn schon alles geladen?"
„Nee, wir müssen noch zweimal fahren, aber die anderen holen den Rest gerade nach oben."
„Dann ladet alles erst mal auf diese vorbereiteten Paletten hier ab. Mein Partner und ich werden uns dann anschließend um die Sichtung und Sortierung kümmern, und danach kommt es in den großen Container da hinten, der voll

verschließbar ist. Der kann dann später mit 'nem Lkw ab-
geholt werden. Sie helfen mir doch, Kollege?",
wandte er sich lächelnd an seinen Nebenmann.
„Gerne, aber nur unter der Bedingung, dass Ihre Leute den
Gefangenen nicht quälen. Der sieht auch so schon ziemlich
mitgenommen aus."

„Ach was, da machen Sie sich mal keine Sorgen. Sind doch
alles nur leere Drohungen. Er soll nur Schiss kriegen, falls
er überhaupt ein Wort versteht, was ich nicht glaube. Ich
schätze, das ist ein armes Schwein von Roma, der von nix
was weiß und von nix was versteht, und den auch die Polizei
weder vernehmen noch abschieben kann. Werden ihn laufen lassen müssen. Kommen Sie, die haben die erste Partie
abgeladen. Jetzt kommt der interessanteste Teil der Geschichte: unsere Sortierung und Einordnung der Beute.
Und da brauche ich dringend Ihre Fachkenntnisse!"

Sie wandten sich zu den Paletten um, auf denen die scher-
bengefüllten Kisten standen, die die beiden Vormänner
ihnen mit dem Brecheisen schon geöffnet hatten. Der Landrover war schon zur nächsten Fuhre unterwegs.

XIV

Endkampf

Karl und Herr Unterseeer hatten einschließlich kurzer Mittagspause bis zum späten Nachmittag zu tun. Die vielen zum Teil sehr ästhetischen und zum Teil sehr interessanten Artefakte hätten ihn begeistert, wenn er nichts von ihrer wahren Natur gewusst hätte. Sie sortierten die Stücke in vier große Gruppen.

Da war zunächst einmal all das, was mit einiger Sicherheit nicht von den Fundstätten hier an der oberen Sieg stammen konnte: vor allem römische, byzantinische, frühgriechische Teile. Dann die Gegenstände, die möglicherweise von nicht Constantinischen Besitzungen stammen sollten. Wobei Karl die Ohren spitzte, als er hörte, dass Constantini neben dem Steiner Berg mit Burg Huen auch noch Gebiete in Schladern, Mauel, Rosbach-Hof sowie am Alten Stuhl mit Auguste-Viktoria-Stift zu gehören schienen – und sogar die Burg Benzekausen. Drittens die den Karl bereits bekannten Constantinischen Revieren zugeordnete Gruppe, also von der Neuen und der Alten Burg, Haus Schladern, Burg Wiese, den Rittersitzen Broich, Dattenfeld und Wilberhoven. Schließlich die „noch genauer aufzuklärenden Gegenstände", wie der Chef sich ausdrückte.

Wie Unterseeer die einzelnen Teile in die beiden mittleren Gruppen aufteilen konnte, blieb Karl ein Rätsel. Es fiel ihm auf, dass die Linie der beiden Einflusssphären genau durch Schladern ging und sie in Ost- und die Westregionen teilte. Jedenfalls schafften sie es, gegen fünf Uhr fertig zu werden. Ihre Hilfstruppen hatten die Sortimente jetzt lediglich wieder neu zu verpacken und dann alles in dem Spezial-Container zu verschließen. Zu guter letzt wollte sich Constantini herfahren lassen und noch die drei Kisten mitbringen, die bei ihm gesichtet worden waren.

Karls Daumen hatte schon mehrfach Signale übers Handy gegeben, und nun wollte er gerne da raus, um auch mal direkt von seinen Verbündeten draußen was über deren weitere Pläne zu hören. Also wandte er sich an Unterseeer: „Für mich wird's langsam Zeit, mal nach Hause zu gehen. Ich muss mich duschen, mich ein Stündchen aufs Ohr legen nach dem langen Tag, was Warmes futtern, und nachher komm' ich dann gerne noch mal rüber, um mit Ihnen beiden die weitere Strategie durchzugehen."

„Alles klar, kann ich verstehen. Obwohl Sie auch gerne hier zum Essen eingeladen sind. Ich werde dem Constantini unsere Arbeit zeigen und erläutern. Inzwischen bereitet meine Frau was vor, und wir essen zusammen. Danach wollten wir eigentlich alles durchgehen und planen, wie wir weiter verfahren sollen. Wenn es Ihnen recht ist, stoßen Sie doch so zwischen halb acht und acht wieder dazu. Oder Sie rufen an, falls was dazwischenkommt."

„Ja, mach' ich! Also, ich schleich' mich dann mal. Schließen Sie mich noch aus dem großen Tor wieder raus?"

Er war erleichtert, als er auf die Maueler Brücke zuging. Die Handy-Verbindung mit Ralph war sofort hergestellt:

„Also, was ist jetzt? Wann wollt ihr endlich zuschlagen? Ich bin auf dem Weg nach Hause. Kommt ihr da hin? Gleich kommt der Constantini noch vorbei, dann sitzen sie alle in der Falle samt vorsortierter Ware. Das wäre doch genau der richtige Zeitpunkt für einen Zugriff!"

„Warte, ich komme gleich zu dir und erklär' dir alles. Der Stab tagt noch hier in der Einsatzzentrale in Eitorf und handelt einen Deal mit dem Landeskriminalamt aus. Die wollen keinen Zugriff ohne SEK-Unterstützung zulassen. Und das kann von denen alles erst in der Nacht organisiert werden."

„Das ist doch Blödsinn! Dann ist der Constantini wieder weg und wer weiß, wer sonst noch alles. Vielleicht lassen sie sogar die Sore noch heute von hier wegschaffen. Komm sofort her und bring deine Freundin vom Landesmuseum mit. Das war sowieso gegen die Abmachung, dass ihr jetzt schon das LKA eingeschaltet habt."

„Beruhige dich, Mann! Ich bin in zehn Minuten bei dir!"

Scheibenhonig! Das war jetzt ein großer Mist. Wenn die Polizeibehörden die Finger drinhatten, rissen die bekanntlich alles an sich und waren ebenso bekanntlich ziemlich schwerfällig, laut, umständlich und sehr unflexibel, sodass die Gegenseite in der Regel die Trümpfe in die Hand bekam. Er war kaum zu Hause angekommen und hatte die Haustüre hinter sich zugezogen, als er schon den Wagen vom Ralph in den Hof einfahren hörte.

Er riss die Türe wieder auf und rief ihm entgegen:
„Wer hatte denn die schwachsinnige Idee, die Polypen jetzt schon zu aktivieren?"
Ralph kam allein ins Haus, schob ihn sanft ins Wohnzimmer und säuselte:
„Komm sei brav, großer Löwe! Setz dich erst mal! Als du heute morgen die Schießerei gemeldet hattest und das Gleiche nebst der Flucht der MotoCross-Sportler auch von unseren UHU-Spähern berichtet wurde, war uns allen sofort klar, dass wir das nicht mehr alleine handeln konnten. Wir sind alle unbewaffnet, schon vergessen? Selbst wenn das da oben auf dem Burgplateau nur 'ne schlechte Theatershow war, heißt das noch lange nicht, dass die sich nicht mit Waffengewalt gegen Eindringlinge auf ihrem Grundbesitz zur Wehr setzen würden. Und sie wären ja im Recht dabei."
Er holte tief Luft.
„Außerdem haben die einiges zu verlieren bei dem Krieg, zum Beispiel das ganze Fußvolk, das entweder illegal hier ist oder 'ne ganze Latte auf dem Kerbholz hat. Und überleg mal! Die beiden Hauptverdächtigen können uns ohnehin nicht entwischen. Der eine ist halb lahm und der andere steckt mit seiner Frau und dem ganzen Vermögen hier drin. Und die übrige Mannschaft ist der Polizei genau bekannt und wird ohnehin beobachtet."

„Ich bin mir da nicht so sicher, was die angeblich mangelnde Fluchtgefahr betrifft",
konterte Karl.
„Denk mal dran, was für Strafen und Vermögenseinbußen die zu erwarten hätten im Falle der Verhaftung in flagranti. Außerdem wisst ihr kaum was über deren asiatischen und balkanischen Geschäftsverbindungen sowie das Netzwerk, in dem sie operieren und über das sie vielleicht jederzeit hier verschwinden könnten. Die Schusswaffengefahr halte

ich für unwahrscheinlich. Natürlich hätten wir sie bei einem Überfall im Glauben gelassen, dass wir die Polizei seien. Aber was schwätze ich? Wir können's jetzt nicht mehr ändern. Wie soll die Operation denn nun aussehen?"

„Die letzte Planvariante war: Das SEK umstellt im frühen Morgengrauen ..."
„Oh nee, nicht schon wieder!"
„... also gegen halb fünf Uhr das Gelände, sprengt das Tor auf, stürmt vor uns rein und besetzt die von dir bezeichneten Gebäude, also die große Halle, die Villa, das Nordtor, den Turbinenraum, das Hausmeisterhaus usw. Gleichzeitig stürmt eine Abteilung die Feldscheune im Krummauel, um den Constantini und die dortigen Beweismittel zu sichern."
„Und was machen wir?",
wollte Karl wissen.
„Wir sollen hier warten auf den Einsatzbefehl des SEK per Handy. Daraufhin haben wir raschestens zu erscheinen. Bis dahin sollen wir angezogen auf dem Sofa und der Couch vorpennen. Guck mal, ich hab' uns beiden 'ne Pizza und zwei Flaschen Bier mitgebracht."

„Das hätte ich auch noch hier hingekriegt. Aber ich bin eigentlich gleich um halb acht mit den Herrschaften dort wieder verabredet."
„Das lässt du mal lieber bleiben! Sag denen mit irgendeiner Ausrede ab: plötzlicher Verwandtenbesuch, was ja der Fall ist. Denn es könnte auch sein, dass die schon heute Abend losschlagen wollen, und das wäre dann nicht so toll!"

„Alles klar, ich hab' ohnehin keine Lust mehr darauf. Ich sag' denen, dass du mit Familie hier bist und wir die Besprechung auf morgen verschieben müssen. Jetzt will ich duschen, futtern, zwei Biere zischen, pennen! Du hast mich überredet mit morgen früh, und mir langt's für heute! Du kannst schon mal was auf den Tisch tun und der Einsatzleitung da unsere Unterwerfung mitteilen!"
Karl verschwand im Bad.

RRRRRRRR... Diesmal war's nicht sein Handy, sondern das von Ralph, das laut auf dem Wohnzimmertisch rappelte und ihn vom Sofa aufspringen ließ. Ein Blick drauf: tatsächlich wieder halb fünf! Es war noch dunkel und Ralph schnarchte auf der Couch. Doch das hatte er schnell geändert: „Auf, auf, alter Krieger! Es geht los in den Kampf!" In drei Minuten waren sie draußen, sprangen in Ralphs Auto und brausten los. Wieder ein düsteres Treffen am oberen Tor, nur waren diesmal ein paar mehr Leute da versammelt, und einige davon waren uniformiert, vermummt und bewaffnet.

„Alle da jetzt!",
flüsterte der vermutliche Einsatzleiter in ein Mikro.
„Zugriff!"
Zwei Uniformierte traten vor, befestigten die Ladung am Torschloss und sprangen zurück. „WUMMM", knallte das Schloss auseinander und das Tor schwang auf. Eine größere Gruppe stürmte rein, vier zum Villeneingang, sechs Richtung Halle. Ralph und er folgten den Letzteren mit deutlichem Abstand. Als sie an der Villa vorbei waren, flog auch da das Portalschloss in die Luft. Sie bogen um die Ecke und sahen, wie drei der Männer eine Ladung am Hallentor angebracht hatten und zurück in Sicherheit liefen. Dann krachte es auch dort, aber nicht wie erwartet einmal kurz, sondern erst kurz und gedämpft und dann sofort hinterher gigantisch laut und berstend. Riesige Flammensäulen schossen aus Tor und Dach der Halle hoch und Glasscherben, Steinbrocken und Metallteile flogen ihnen um die Ohren!

Der vordere Hallenteil war explodiert, und die ganze übrige Halle stand in Flammen! Sie waren instinktiv wieder hinter die Gebäude-Ecke zurückgelaufen. Das Feuer prasselte hier jetzt lauter als der Wasserfall. Hitzewellen schlugen ihnen entgegen, als sie es wagten, noch mal um die Ecke zu lugen. Inzwischen flogen keine Brocken mehr herum, und die Männer vorm Tor waren zum Glück verschwunden. Jetzt hätte niemand mehr überlebt, der sich in dem Zwischengang zwischen den Hallen aufgehalten hätte. Dafür kamen die Uniformierten nun von allen Seiten angelaufen und blieben entsetzt in weitem Abstand stehen. Die riesige Halle brannte lichterloh. Die Flammen schlugen zehn bis fünfzehn Meter hoch. Hin und wieder zerknallten die Hallenfenster und die Glasscherben spritzten umher. Es waren kaum fünf Minuten vergangen nach der Hallentorsprengung, und hier war jetzt ein Vulkan ausgebrochen! In dem Moment, als er überlegte, wie das möglich gewesen sei, hörte Karl auch schon die ersten Feuerwehrsirenen aufheulen und er wusste, dass es hier bald vor Löschmannschaften nur so wimmeln würde.

„Komm, Ralph!",
stupste er seinen wie erstarrten Nebenmann an,
„lass uns verduften! Wir können da sowieso nix mehr tun oder retten und es wird sehr ungemütlich werden. Lass uns lieber zu Hause noch was Schlaf nachholen."
„Aber, aber, wir müssen doch was helfen!",
stotterte der Angesprochene mit glasigem Blick.
„Ach, Quatsch! Im Moment kann niemand näher als zehn Meter rankommen wegen der Hitze und der Funken, und in fünf Minuten sind mindestens drei bis vier Feuerwehren hier und dämmen das ein. Nee, uns brauchen die dabei am Wenigsten. Also komm, wir hauen ab, bevor die das ganze Gelände abriegeln."
Karl zog den Schwiegersohn am Arm hinter sich her zum oberen Tor. Das war tatsächlich zur Zeit offen und unbewacht. Alle SEK-Leute waren wohl instinktiv zum Brandherd gelaufen. So konnten sie unbehelligt rausmarschieren und ziemlich benommen und verwirrt nach Hause laufen. Sie hatten das dringende Bedürfnis nach Bewegung an der frischen Luft. Ralphs Wagen, den sie am alten Elmores-Parkplatz hinter der Brücke abgestellt hatten, ließen sie einfach stehen; den konnten sie auch im Laufe des Tages noch abholen, wenn sich alles wieder etwas beruhigt hatte. Unterwegs kamen zwei Rosbacher Feuerwehrautos mit Blaulicht und Tütata an ihnen vorbei in Richtung Elmores gebraust.

XV

Nachlese

Zu Hause angekommen waren sie natürlich zum Schlafen zu aufgekratzt. Außerdem zeigte der Südhimmel über dem Wasserfall vom Wohnzimmerfenster aus eine dramatische Illumination in meist roten und gelben Farbexplosionen. Der Blaulicht- und Sirenenverkehr auf der Straße unter ihnen dauerte auch noch eine ganze Weile an. Schließlich mussten Karl und Ralph nach dem Abflauen dieser Farb- und Lärmkulisse auch noch ein regelrechtes Kommunikations-Bombardement über sich ergehen lassen:

„Wo seid ihr?"
„Wir suchen euch!"
„Ihr werdet vermisst!"
„Ihr sollt als Zeugen vernommen werden!"
„Ihr seid verrückt, einfach abzuhauen!"
„Sofort herkommen, ihr werdet gebraucht!"
Das waren so die durchschnittlichen Fragen und Imperative, die reinkamen, und Karl bedauerte sehr, nicht alle Handys und Telefone abgestellt zu haben. Aber das war jetzt zu spät. Beide wiederholten synchron ihren unterwegs abgesprochenen Text in die Geräte:
„Wir sind todmüde und geschockt, aber unverletzt. Wir brauchen jetzt Ruhe und Schlaf. Alle nötigen Aussagen können wir erst morgen machen, wenn wir geschlafen haben, die sind sonst ohnehin nicht verwertbar, also juristisch irrelevant. Bis dann!"

Das Telefongewitter legte sich, aber sie blieben nicht lange alleine, um sich bei einer Kanne Kaffee auszuquatschen. Nach einer knappen Stunde, es war inzwischen hell draußen und die Funken-Corona über Elmores erloschen, klingelte es und Uta, Ralphs Archäologen-Freundin, kam reingestürmt. Sie sah etwas mitgenommen aus, hatte wirre Haare, schwarze Striemen im Gesicht und an den Händen. Ihr Anorak wies kleine Löcher auf.
„Ich brauche unbedingt einen Caffè corretto! Habt ihr Grappa da?"
Uta ließ sich in den nächstbesten Sessel fallen.

Karl kredenzte ihr den Kaffee mit Schuss und wollte sie gerade ausfragen, da klingelte es wieder und ein nicht minder mitgenommen aussehender Kurt taperte wackelig ins Wohnzimmer.

„Ich hab' mich da abgeseilt, ich konnte nicht mehr! Mein Hiwi, der Praktikant, soll den Rest dort notieren und fotografieren! Ah, seh ich da Grappa? Das ist genau das Richtige! Reine Medizin! Gib mir ein Glas, alter Junge! Oder nee, ne Tasse, ich mach das wie die Uta, halbe-halbe! Danke, Prost!"
Er prostete Ihnen zu, leckte sich die Lippen und fuhr fort:
„Gibt 'ne tolle Story! Gestern hab' ich noch gedacht, es wird ein Krimi, aber jetzt ist es ein Thriller! Mit allem drum und dran und den wahnsinnigen Fotos. Und ich war auf dem Logenplatz dabei! Also ich danke euch, dass ihr mich da reingeschmuggelt habt als Berater, sonst lassen die vom LKA und SEK ja niemals die Presse beim Einsatz zu! Prost!"

„Ja, schön, aber bist du sicher, dass du deine Story samt Fotos auch voll veröffentlichen kannst, bei der Pleite für die Behörden?",
fragte Karl vorsichtig.
„Wieso Pleite, die haben doch Festnahmen. Oder warte mal, den Unterseeer hab' ich grad' beim Rausgehen noch mit seiner Frau und mehreren Herren in dunklen Mänteln am Villenportal gesehen. Vielleicht waren das ja seine Anwälte, und der geht jetzt in die Offensive und sucht nach den Verantwortlichen. Ich muss direkt mal unseren Polizeireporter anrufen, der hört den Polizeifunk ab und weiß über jede Festnahme Bescheid."
Er sprang auf, zog sein Handy und lief in den Flur.

„Eigentlich",
meinte Ralph,
„eigentlich haben wir doch jetzt nichts mehr an Beweisen in der Hand, nachdem die alle in der Halle verbrannt sind, oder wie seht ihr das?"

„Das stimmt",
antwortete Karl nachdenklich,
„bis auf das Regenbogenschüsselchen und die Bandkera-
mikscherbe von mir. Über deren Herkunft könnten nur ich
und die beiden anderen Sammler Auskunft geben. Und die
werden sich hüten, wahrheitsgetreu zu erzählen, sondern
versuchen, mich in die Pfanne zu hauen; indem sie zum
Beispiel eine wilde Story fantasieren, wie ich Ihnen das
Zeug habe unterjubeln wollen. Sie sind zwei zu eins gegen
mich aufgestellt."
Karl fuhr sich nervös mit der Hand durch die Haare.
„Ich hab' für die ganze Geschichte jetzt tatsächlich keine
Beweise, wenn die vom LKA nicht noch was in der Feldscheune, in der Elmores-Villa, im Bunker oder im Stollen
finden, was doch ziemlich unwahrscheinlich ist. Oder wenn
sie nicht durch Vernehmung der Hilfstruppen noch was
rauskriegen, falls sie überhaupt welche geschnappt haben.
Ich glaube, dass ich mich jetzt besser mal nach einem An-
walt umschauen sollte."

Kurt kam wieder reingestürmt:
„Du hattest recht, die haben keinen von denen verhaftet!
Stattdessen hat der Unterseeer Strafanzeigen vorerst gegen
unbekannt wegen Verleumdung, schweren Hausfriedens-
bruch, Raubüberfall und Brandstiftung gestellt bei der
Staatsanwaltschaft Bonn. Und du hattest auch, verdammt
noch mal, ebenfalls recht mit der Veröffentlichung! Das
LKA hat Nachrichtensperre verhängt, und mein Chef hält
sich dran. Ich darf nur Text und Fotos von einem Brand mit
unbekannter Ursache bringen – und ohne SEK-Leute
drauf, verflixte Kacke! Aber er hat mich vertröstet auf 'ne
große Berichterstattung nach der Aufklärung der Geschichte."
„Da ha'm wir den Salat!",
meinte Ralph lakonisch,
„die Anzeige von Unterseeer zielt auf uns alle ab! Wir haben
ja alle mehr oder weniger nur nach Hörensagen von dir ge-
handelt und nach den Schießerei-Berichten durch die

UHUs. Damit haben wir den Riesenapparat von LKA und SEK in Bewegung gesetzt und indirekt dieses Wahnsinns-Inferno ausgelöst, was auch immer die gewaltige Hallen-Explosion dann wirklich erzeugt haben mag. Wird im Nachhinein doch kaum noch zu klären sein."

„Also, nun mal halblang, Ralph!"
Uta nahm noch einen Schluck ihres Caffè corretto und richtete sich auf.
„Ganz so ist es nicht. Die Brandermittler sind sehr gewiefte Burschen, und bei so einer Mega-Explosion müssen wirklich Unmengen Brandbeschleuniger oder Gasflaschen im Spiel gewesen sein. Das haben die ruckzuck raus, woher das alles stammt. Zweitens sind mit Sicherheit noch verbrannte, aber verwertbare Reste von den Fälschungen aufzufinden, wenn die noch nicht weggeschafft worden waren. Drittens muss ich euch noch was gestehen."
Uta räusperte sich:
„Ich hab' das LKA schon viel früher eingeweiht, nämlich unmittelbar nach unserer ersten Besprechung hier. Ich habe mit denen eine Abmachung: Ich informiere die entsprechende Abteilung schon im Verdachtsfall, damit die den Computerabgleich wegen eventueller Bandenkriminalität machen können. Die geben mir dafür ihre für mich wichtigen Informationen und lassen mich dann mit unseren Leuten erst mal beobachtet operieren. Solange keine Gewalt im Spiel ist. Dann kann ich manche Sache mit Geld regeln, siehe Nebra-Scheibe, oder Artefakte noch für uns sichern, bevor sie im Ermittlungsfall in deren Asservatenkammer verschwinden. Kommt aber Gewalt ins Spiel, dann greifen die unerbittlich ein, und das war hier der Fall. Und glaubt ja nicht, dass die nicht alles auf Relevanz durchchecken, bevor sie sich auf so 'ne Aktion wie heute morgen einlassen! Also wir sind dabei aus dem Schneider. Aber Sie haben recht gehabt",
sie wandte sich an ihren Nachbarn Kurt,
„durch deren Recherche und Vorbereitungen ist alles um zirka acht Stunden zu spät gekommen. Die Gegenseite hatte

Lunte gerochen und aufgerüstet. Und ob wir jetzt noch einen der Drahtzieher festsetzen können, ist fraglich. Und da Sie, Herr Bayer, der Hauptzeuge gegen die beiden sind, werden die Sie mit Anzeigen und Beschuldigungen nur so bombardieren!"

„Das ist mir auch eben alles durch den Kopf gegangen", meinte Karl und wendete sich ihr zu.
„Und obwohl Sie mit der Einbeziehung des LKA unser eigentliches Ziel vermutlich vermasselt haben, muss ich mich bei Ihnen ja wohl jetzt dafür bedanken. Ich werde durch deren Recherchen hoffentlich entlastet werden. Und für dich, Kurt, heißt das, dass die Aufklärung doch noch zeitnah erfolgen kann und du mit deiner Geschichte dann groß rauskommst! Und wie wär's eigentlich jetzt mit 'nem anständigen Frühstück, Kinder?"
Karl nickte der ganzen Runde aufmunternd zu.
„Ich geh' zum Bahnhof, frische Brötchen holen. Ralph, du deckst den Tisch und ihr Zwei könnt unter die Dusche gehen, also ich meine, jeder unter eine, wir haben nämlich oben und unten eine. Also, bis gleich!"

Sie waren mitten am Futtern, als es wieder klingelte und zwei zivile LKAler, die er flüchtig in der Nacht gesehen hatte, reinmarschiert kamen.
„Wir müssen Sie jetzt alle zur Vernehmung mitnehmen, tut mir leid!",
rief der größere von ihnen.
„Das hat der Staatsanwalt angeordnet. Der hat 'ne Menge Anzeigen auf dem Tisch liegen und die Presse im Nacken und will das alles rasch abarbeiten",
meinte der kleinere ziemlich jovial.
„Apropos Presse, muss ich denn auch mit? Ich bin die lokale Presse hier!"
Kurt quengelte etwas.
„Ja, klar, Sie waren doch unter Vorspielung falscher Tatsachen mittendrin, sind also wichtiger Tatortzeuge. Deshalb brauchen wir auch Ihre Fotos!"

Er schnappte sich Kurts Kamera, die neben ihm auf dem Stuhl lag.

„He! Finger weg! Das ist mein Kapital!"

„Ist beschlagnahmt wegen Gefahr im Verzug! Und nun futtert jeder sein Brötchen auf, trinkt sein Tässchen aus – und dann kommen Sie mit. Der Bulli steht unten am Haus."

„Wollen Sie nicht noch eine Tasse Kaffe mit uns trinken und ein Marmeladenbrötchen mitfuttern? Ist von allem genug da",

versuchte Karl die Stimmung aufzubessern, aber vergeblich.

„Nix da. Haben wir alles schon gehabt. Jetzt geht's erst mal ab nach Bonn, sonst kriegen wir Ärger mit der Staatsanwaltschaft. Also hopp, hopp! – Und keine Verzögerungstaktiken mehr!"

„Ay, Ay, Sir! Wir kommen ja schon. Dürfen uns doch sicher auch noch Jacken und Schuhe anziehen, oder?"

Karl grinste gequält.

XVI

Eburonengold

Auch lange nach diesen turbulenten Tagen zog es Karl immer wieder zum Dreiseler Umlaufberg hin. Jedoch nicht so sehr wegen des Nachweises des keltischen Ringwalles, der ihm jetzt wohl doch nicht zweifelsfrei gelungen war. Aber das musste warten, würde schließlich nur aufgeschoben sein. Sondern mehr wegen der merkwürdigen Mauer an der Quelle gegenüber. Zweimal war er jetzt schon dort gewesen, um sie zu inspizieren und die Steine zu lockern. Aber jedesmal war sein Werkzeug zu mickrig gewesen, da er es zu Fuß mitgebracht hatte, um die schweren Feldsteine aus dem Mauerwerk zu lösen.

Diesmal war er auf dem Fahrrad gekommen mit einem kleinen Anhänger dran und darin Spitzhacke, Brechstange, Schaufeln. Mit dem Auto wäre es sicher zu auffällig gewesen, da am Straßenrand zu parken. Hier kannte jeder jeden und der Grundeigentümer wäre spätestens nach einer halben Stunde nachschauen gekommen. Aber sein Fahrrad konnte er gut ins Gebüsch schieben – und selbst bei Entdeckung immer noch behaupten, dass er Feldsteine suche für seine Gartenmauer. Das stimmte sogar halbwegs. Denn wenn er schöne quaderförmige Steine fand, nahm er sie immer mit. Das steckte noch so aus der Kindheit drin, als sein Vater die Söhne nach solchen Steinen auf die Suche schickte und den Erfolg mit Pfennigen oder Bonbons belohnte. Weshalb es Karl auch nie in den Sinn gekommen wäre, dass auch das verboten sein sollte ...

Als er ankam in der Senke neben der Straße, schob er das Rad und den Hänger hinter die Haselsträucher. Karl nahm das Werkzeug raus und hob vorsichtig den Gestrüppvorhang beiseite, ohne die Brombeerranken zu beschädigen. Er wollte ja später alles wieder so arrangieren, dass man seinen Eingriff nicht gleich bemerkte. Dann setzte er die Brechstange an dem Mauerritz an, den er vorher schon mit Hammer und Meißel gehauen hatte. Ein ordentlicher Ruck und jetzt lockerte sich der Stein. Mit dem weiteren abwechselnden Einsatz von Hacke und Brecheisen war es in

20 Minuten geschafft: Er hatte ein ausreichend großes Loch zum Durchkriechen in die Mauer gestemmt – und wie erwartet war dahinter eine Höhle, aus der das kleine Rinnsaal geflossen kam. Jetzt schob er zuerst die losen Steine dadurch und dann sein Werkzeug einschließlich Schutzhelm mit Kopflampe. Danach ordnete er das Gestrüpp wieder vor dem Eingang und kroch schließlich selber in die Dunkelheit rein, wobei er sich Hände und Knie nassmachte; die Füße steckten in Stiefeln. Hinter sich baute er einen Teil der Steine wieder in die Lücke ein, so dass diese von außen kaum noch zu sehen war.

Die Werkzeuge ließ er erst mal liegen. Mit der Kopflampe und der starken Taschenlampe konnte er ziemlich gut den Gang vor sich ausleuchten. Karl konnte gerade aufrecht stehen. Die Wände waren aus der nackten Grauwacke ausgehauen. Es gab keine Abstützungen, aber es lagen ordentliche Brocken am Boden, die wohl aus der Decke gefallen waren. Er war froh, an den Schutzhelm gedacht zu haben, und tastete sich vorwärts. Nach zehn Metern im langsam ansteigenden Gang, der jetzt immer trockener wurde, sah er an den Seitenwänden die typischen Kristalle der Siegerländer Eisengruben glitzern: Quarzite durchzogen von Eisenspat, Hämatit, Katzengold, Malachit, Azurit, Bleiglanz, ein teilweise sehr hübsches buntes Bild im Schein seiner Lampen. Also war das hier doch ein altes Erzbergwerk gewesen. Jetzt wollte er nur noch wissen, ob es vielleicht mit dem Grängelsbergstollen von der Elmores-Seite in Verbindung stand. Deshalb stapfte er vorsichtig weiter. Die Gerölle am Boden nahmen zu, er musste sie wegräumen, um weiterzukommen, und dachte, dass er jetzt doch besser das Werkzeug zur Hand hätte. Also drehte er um, es zu holen.

Mit Hacke, Schaufel und Brechstange konnte er sich den Weg noch ganz gut weitere 20 Meter aufwärts bahnen. Dann war Schluss. Das ganze Hangende war hier runtergekommen. Es wurmte ihn sehr, die Frage nicht geklärt zu haben, ob es nun die Verbindung gab oder nicht. Von der anderen Seite konnte er nicht drankommen, da der Stollen dort noch vom LKA versiegelt und versperrt war. Die Ermittlungen waren leider immer noch nicht abgeschlossen. Und es waren gewisse Anklagepunkte gegen ihn noch nicht ganz ausgeräumt. Aber was soll's, das waren nur noch die juristischen Finten der Gegenseite. Die konnte er aussitzen.

Es fehlten ihm nach seiner Schätzung von hier aus höchstens hundert Meter geradeaus bis zum anderen Stollen. Wenn das jetzt nur ein kurzer Einbruch war, könnte er es vielleicht doch noch schaffen. Er setzte sich ein Limit: maximal fünf Meter Geröll wollte er versuchen, rauszubuddeln. Wenn er dann nicht durchwäre, wollte er aufgeben. Also begann er zu schaufeln und zu hacken und verteilte das lose Geröll an die seitlichen Wände hinter sich. Zum Glück war die Gangbreite ausreichend, sodass ihm ein Mittelpfad verblieb.

Er schuftete annähernd zwei Stunden, dann war er fix und fertig und wusste, er musste erst mal aufhören. Er hatte es gerade mal gut einen Meter tiefer geschafft. Wenn er also jetzt jeweils vormittags und nachmittags zwei Stunden dran ackern würde, hätte er schon in zwei Tagen sein vorgenommenes Kontingent abgebaut. Das schien ihm erst mal überschaubar. Er packte sein Werkzeug, rieb sich die diversen blauen Stellen und trottete ziemlich erschöpft zum Ausgang. Das Rauskrabbeln und alles sorgfältig wieder Arrangieren war auch noch mühsam, und er war froh, als er auf dem Fahrrad saß Richtung Dattenfeld, denn weder den Helpensteller noch den Steiner Berg wollte er sich jetzt noch zumuten.

Am dritten Nachmittag ging ihm die Luft aus. Er hatte natürlich sein eigenes Limit um zwei Meter verlängert, weil er meinte, es noch gut aushalten zu können. Am dritten Nachmittag jedoch, da wurde er es leid. Die Knochen und Muskeln schmerzten, er musste trotz Mundmaske dauernd husten von dem Steinstaub, die Augen tränten, es machte sich Resignation breit. Jetzt nur noch diesen quadratischen Steinbrocken da unter dem Schuttberg rausziehen. Vielleicht konnte er den ja auch für den Garten mitnehmen, wie schon so manche davor, dann würde er aufgeben. Es machte keinen Sinn mehr. Der Bergbruch ging zu tief rein, und für hundert Meter Sträflingsarbeit im Bergwerk fehlten ihm Kräfte, Zeit und Geduld. Also hackte er an dem Block vor ihm herum. Selbst wenn der sich spaltete, wäre es noch ein netter, fast hammerrechter Feldstein. Zack, der Schlag hatte einen Riss erzeugt, zack, nochmal, der Riss wird größer, der Stein spaltete sich tatsächlich. Oder was war das? Der vordere Teil brach runter – und dahinter kam eine kleine Höhlung zum Vorschein, gut faustgroß, während der restliche Block noch unterm Geröll festsaß.

Er nahm das Abbruchteil hoch und leuchtete es mit der LED-Taschenlampe ab. Das war keine Grauwacke, das war behauener Sandstein von einem Urnengefäß vielleicht oder einem Trog, jedenfalls ein Artefakt! Karl kniete sich nieder und griff in die Höhlung, die sich da so unerwartet aufgetan hatte. Er bekam etwas Hartes zu fassen und zog es raus. Er hatte einen schwarzbraunen metallenen Topf in der Hand, mit etwa zehn Zentimetern Durchmesser, kleinen Henkeln und einem Scharnierdeckel. Den konnte er mit etwas Kraftaufwand schräg anheben, sodass er im Schein der Kopflampe den Inhalt sah. Ihm stockte der Atem! In diesem vermutlich bronzenen Töpfchen lagen mindestens hundert zum Teil bräunlich, zum Teil silbrig und zum Teil golden schimmernde Münzen in der Form und der Größe der Regenbogenschüsselchen! Er hatte es doch noch geschafft! Das Eburonengold! Heureka!

Karl Bayer hatte es gefunden! Der von den Fachleuten eher bemitleidete Rentner und Hobby-Historiker! Der Jahrhundertfund in der Region! Am liebsten hätte er jetzt getanzt, wenn es der Platz zugelassen hätte. Also war der alte Stollen schon zur Latènezeit gebuddelt worden, um Erze abzubauen – und wurde später als Versteck, vielleicht sogar als Fluchtweg genutzt. Sofort machte er an Ort und Stelle eine Reihe In-situ-Fotos mit seiner Pocket-Kamera. Dann konnte er sich nicht bremsen und schüttete den Inhalt des Töpfchens vor sich auf sein Taschentuch und zählte durch. Es waren genau 112 Exemplare. Er fotografierte jedes Stück einzeln mit Vorder- und Rückseite, dann war seine Speicherkarte auch voll. Er würde sagen, der Topf wäre beim Rausholen aufgegangen und er hätte den Inhalt aufsammeln müssen.

Plötzlich kam ihm noch eine Idee. Er hatte sich zwar mit all seiner Arbeit einen anständigen Finderlohn verdient, würde aber nix von dem Fund wiedersehen. Die Münzen selbst würden wegen ihrer Bedeutung vom Landesmuseum einbehalten werden, und der Marktwert gehörte wohl nicht mal dem Grundstückbesitzer, da es ein Tiefenbodenschatz war, der dem Land zustand, und ihm schon gar nicht, weil er illegal gebuddelt hatte. Das käme dann auch noch auf sein Sündenkonto. Aber das war ihm jetzt schon egal, bei seinem ohnehin schon unterirdischen Kontostand!

Also würde er sich seinen Finderlohn selbst genehmigen. 111 Münzen klang doch auch viel magischer! Karl suchte sich eine aus, die dem Falsifikat von damals etwas ähnlich sah, mit einem stilisierten Vogel und dem Dreipunkt-Symbol. Er wickelte sie in sein Taschentuch, nachdem er die anderen alle wieder in das Töpfchen zurückgelegt hatte. Das stellte er in der Höhlung ab und arrangierte das Geröll drumherum so, dass es mehr nach Zufallsfund und nicht nach Grabung aussah. So versuchte er, auch im übrigen Stollen seine Arbeitsspuren möglichst zu verwischen. Ebenso an der Mauer, an der er sogar noch weitere Steine rausbrach, um sie wie eine Trockenmauer wieder zum Teil aufzuschichten. Das alte Brombeergesträuch drapierte er wie immer davor, und dann radelte er, überhaupt nicht mehr müde, sondern total aufgekratzt, nach Hause. Er würde noch eine Woche vergehen lassen, bevor er den Fund

Uta meldete, damit seine Spuren etwas mehr altern und verwischen konnten.

Danach ging es aber im Bonner Landesmuseum zu wie in einem aufgewühlten Ameisenhügel. Experten hier, Experten dort und jede Menge Journalisten. Es war schließlich eine überbuchte Pressekonferenz dort im schönen Konzertsaal des Museums. Uta kam groß raus und berichtete weitläufig von der allgemeinen Suche nach dem Eburonengold und dann von seiner speziellen „Zufallsentdeckung". Obwohl er sich angeblich doch nur für alte Erzabbautechnik interessiert habe und auf diese Weise in den Stollen an der Löh geraten sei, wo ihm der Schatz nach ein paar Metern sozusagen vor den Füßen gelegen habe. Fragen einiger Journalisten nach Zusammenhängen mit der Brandkatastrophe bei Elmores und der Gerüchte um einen Handel mit archäologischen Falsifikaten in Schladern wurden von ihr kategorisch abgeschmettert und als gegenstandslos verworfen. Ihr Blick fiel dabei auf den LKA-Abteilungsleiter, der ihr gegenüber in der ersten Reihe saß und scheinbar desinteressiert vor sich hin schaute.

Karl sinnierte derweilen darüber, dass die ehemaligen Partner aus dieser Geschichte ganz prima rausgekommen waren. Ihnen konnte nichts Konkretes nachgewiesen werden. Sie hatten jegliche echte Zusammenarbeit mit ihm, außer den gelegentlichen Fachgesprächen zur Ortsgeschichte, abgestritten. Die Repliken waren durch die ungeheure Brandhitze wohl hundertprozentig vernichtet worden waren. Außerdem konnten sie nachprüfbar beweisen, dass die mehr als 200 explodierten Gasflaschen noch am Nachmittag von einer Pacht-Lieferfirma aus Bonn dort zur Zwischenlagerung abgestellt worden waren, ohne ihre Kenntnis. Karl musste sich fast selber fragen, ob er das Ganze nicht einfach nur geträumt hatte. Er ertappte sich sogar bei dem Gedanken, mit den beiden Sammlern wieder ins Gespräch zu kommen. Wer weiß, was sich daraus noch für interessante Geschichten ergeben könnten ...

Doch dann schreckte er auf, als er direkt angesprochen wurde – und zwar von Kurt, dem gemeinen Burschen. Der fragte, wie das denn mit seiner Suche nach dem Stollen genau gewesen wäre. Ob das mit seinem Interesse an den Kelten an der Sieg allgemein und deren Siedlung in Dreisel im Besonderen zu tun habe, oder mit der Suche nach einem dortigen Ringwall.

Karl warf ihm einen bösen Blick zu und fing dem Ball ab, indem er erläuterte, er sei durch seine Keltenforschung auch auf deren hervorragende Metallverarbeitungskenntnisse gestoßen. Daraufhin habe er sich gefragt, ob sie nicht damals schon eine ziemlich entwickelte Erzabbautechnik gehabt haben könnten, die sie hier an der Sieg womöglich anwenden konnten. Deshalb habe er in der Nähe einer nachgewiesenen keltischen Siedlung wie in Dreisel gesucht. Und so sei er auf den Stollen gestoßen, dessen Bau und Inhalt ja jetzt auch seine These bestätigt habe.
Währenddessen hielt er seine linke Hand in der Hosentasche um sein Taschentuch geschlossen und seine Finger spielten mit dem Metallteil darin.
Eburonengold, dachte Karl, heimlich lächelnd!

Glossar

Alsen: Dorf in der Gemeinde *Windeck.*

Alter Stuhl: prominente Bergspitze bei *Rosbach,*
die im Mittelalter eine Femegerichtsstätte (*Freistuhl*) trug.

Ambiorix: *Eburonen*-König, siegte 54 v. Chr. über anderthalb Legionen des Gaius Iulius *Caesar*

Anno: Erzbischof von Köln, *um 1010, † 1075; begraben in *Siegburg.*

Artefakt: von Menschen gemachter oder veränderter Gegenstand.

Auelgau: mittelalterlicher Verwaltungsbezirk
im Bereich des heutigen Rhein-Sieg-Kreises.

Auelsberg: synonym: Schöneckerberg,
Berg zwischen *Schladern* und *Dattenfeld*

Auguste-Viktoria-Stift: synonym: Heilstätte, Waldkrankenhaus;
1902 von der Stadt Köln gebaute Tuberkulose-Klinik in *Rosbach.*

Azurit: blaues Kupfermineral.

Bandkeramiker: nach ihrer Töpferware so benannte
ost- und mitteleuropäische Siedler in der Neusteinzeit.

Bartmannskrüge: für die Siegburger Töpferzunft im Mittelalter
typische Tonkrüge mit bärtigen Gesichtern.

Bertram von Nesselrode: hier: Sohn des Wilhelm I. von Nesselrode, Amtmann von *Windeck,* † 1471, gründete *Kloster Ehrenstein,*
dem er die Höfe *Schladern, Höhnrath* und *Helpenstell* widmete.

Bleiglanz: bleihaltiges Mineral.

Bodenberg: Berg bei *Schladern,* Ausläufer der *Nutscheid.*

Bordun: im Mittelalter gebräuchlicher, meist tiefer Begleitton
einer Melodie, typisch bei Drehleier und Dudelsack. Heute noch
bei traditioneller Dudelsackmusik üblich.

Brukterer: Germanenstamm,
der zur Zeitenwende an Lippe und Ruhr lebte.

Burg Benzekausen: *Höhenmotte,* Burgruine, ehemaliger Rittersitz in *Windeck-Gansau,* der schon auf der *Mercatorkarte* von 1575
als Wüstung eingezeichnet ist.

Burg Broich: *Niederungsmotte*, Burgruine, ehem. Rittersitz der Familie von der Lippe, genannt Huen (Hoen, Hon, Hun) zu Broich in Alt-Windeck.

Burg Dattenfeld: 1619 auf der Ruine des Rittersitzes Niedecke aufgebaute Barockburg in *Dattenfeld*.

Burg Denklingen: erhaltene Wasserburg im Dorf Denklingen östlich von *Waldbröl,* in der die Verwaltung des Amtes *Windeck* nach Zerstörung der *Burg Windeck* untergebracht war.

Burg Ehrenstein: Nesselrodesche Burgruine an der Mündung des Mehrbaches in die Wied bei Neustadt.

Burg Herrnstein: Stammburg der Grafen von Nesselrode im Bröltal bei Ingersaul.

Burg Hof: ehemaliger Rittersitz im Ortsteil Hof bei *Rosbach,* in Privatbesitz.

Burg Huen zu Stein: synonym: Margaretenburg, *Hangmotte*, Burgruine zwischen *Maul* und *Dreisel* am *Grängelsberg.*

Burg Mauel: ehem. Rittersitz in Mauel, heute Gaststätte.

Burg Niedecke: *Niederungsmotte*, Burgruine, deren Reste in der *Burg Dattenfeld* verbaut sind.

Burg Wiese: barockes Fachwerkhaus am Fuß der Alten *Burg Windeck*, das als Forsthaus diente, in Alt-Windeck.

Burg Wilbringhoven: Burgruinenreste, ehemaliger Rittersitz der Familie von der Lippe, genannt Huen, in Wilberhofen.

Burg Windeck: Burgruine Alte Burg Windeck, im 8. Jh. von Karolingern auf dem Südsporn des Schlossberges als Grenzfestung erbaut; Burgruine Neue Burg Windeck, mit der Belehnung des Grafen Engelbert von Berg 1174 erstmals schriftlich erwähnt, vermutlich im 11. Jh. auf dem mittleren Schlossberg als große Wehranlage erbaut.

Caesar, Gaius Iulius: römischer Feldherr und Staatsmann (100 – 44 v. Chr.); eroberte Gallien; Autor von „De bello gallico".

Caffè corretto: in Italien ein Kaffee mit einem Schuss Alkohol, meistens Grappa.

Carolus Magnus: Karl der Große, 742 – 814 n. Chr., fränkischer König, römischer Kaiser, *Karolinger,* dehnte das Reich nach Osten aus und ließ die Alte *Burg Windeck* bauen.

Castrum novum: Neue *Burg Windeck*.

Castrum vetus: Alte *Burg Windeck*.

Chlodwig I.: 466 – 511 n. Chr., fränkischer *Merowinger*könig, der das *Franken*reich einigte und sich in Reims christlich taufen ließ, stammte von Sugambrern ab.

Cro-Magnon-Menschen: Homo sapiens sapiens, der Neuzeitmensch, der seit ca. 40.000 Jahren vor der Zeitenwende aus Afrika in Europa einwanderte und den *Neandertaler* ablöste.

Dattenfeld: zweitgrößtes Dorf der Gemeinde *Windeck*, früher eigene Gemeinde.

Dreisel: Dorf in der Gemeinde *Windeck*, in dem 1980 eine Keltensiedlung ausgegraben wurde.

Dreiseler Brücke: Siegbrücke zwischen *Dreisel* und *Dattenfeld* über einer früheren Furt.

Dreiseler Elch-Retoucheur: An der Sieg bei *Dreisel* gefundener Reibestein mit Elch-Gravour aus der Mittelsteinzeit.

Dreiseler Umlaufberg Beuel: vor ca. 200.000 Jahren entstandener Siegumlaufberg, heute – mit den Talwiesen – Naturschutzgebiet.

Earl Gray: mit Bergamott-Öl aromatisierte Teesorte.

Eburonen: Keltenstamm aus der Eifel und Lothringen; vernichtete 54 v. Chr. eineinhalb Legionen *Caesars* und wurde anschließend von diesem fast vollständig ausgerottet.

Einschnitt: siehe *Porta Rhenania*.

Eisenspat: für das Siegerland typisches Eisenerz.

Eitorf: Landgemeinde, westlich an *Windeck* grenzend.

Elektrum: alte griechische und keltische Metall-Legierung aus Gold, Silber und Kupfer.

Elisental: in die *Nutscheid* führendes Tal zwischen *Dattenfeld* und Ommerroth mit Ruinen einer alten Pulvermühle im unteren Teil.

Elmores-Kabelmetall: dt.-engl. Kupferrohrwerk, aufgrund eines Patentes des englischen Ingenieurs Elmore 1891 in *Schladern* am Wasserfall gegründet, nach 1966 durch die Kabelmetall aus Hannover fortgeführt, 1995 ganz geschlossen, seitdem Industriebrache.

Eschmar: Stadtteil von Troisdorf.

Ezzonen: Pfalzgrafen von Lothringen im 10. und 11. Jahrhundert, Stellvertreter des Königs am Mittel- und Niederrhein.

Falsifikate: Fälschungen.

Franken: germanischer Großstamm, u.a. auch aus *Brukterern,* Tenkterern, *Sugambrern,* Ripuariern, Chatten betehend, der seit dem 3. Jahrhundert in Westeuropa die Macht übernahm und von *Chlodwig I.* um 500 zum Fränkischen Reich zusammengeschlossen wurde.

Freistühle: vom 13. Bis 16. Jahrhundert gepflegte, meist geheime Gerichtsstätten im Freien (z.B. auf Bergkuppen), denen ein Freigraf mit Freischöffen vorstand. Auch Freigericht, Femegericht genannt, vorwiegend im westfälischen Raum angesiedelt.

Friedrich I., Barbarossa: um 1122 – 1190, Herzog von Schwaben, deutscher König und Kaiser des römisch-deutschen Reiches aus dem Geschlecht der Staufer.

Fürst zu Wied: seit 1791 auch zu Wied-Runkel, ursprünglich Grafschaften Oberwied und Niederwied, die seit Ende des 18. Jahrhunderts zum Fürstentum zu Wied zusammengefasst wurden.

Gansau: Siedlung in der Gemeinde *Windeck.*

Gönnersdorf: Stadtteil in Neuwied, in dem 1968 ein vor 15.000 Jahren existierendes Eiszeitjägerlager ausgegraben wurde – mit zahlreichen eindrucksvollen Ritzzeichnungen auf Schieferplatten.

Grängelsberg: Prallberg am Dreiseler Siegbogen.

Güldenbergring: Ringwall auf dem Güldenberg bei Troisdorf.

Hangende: Oberseite vom Stollen.

Hangmotte: mittelalterliche Kleinburg in Hanglage.

Hämatit: schwarzes Eisenmineral.

Helpenstell: Dorf in der Gemeinde *Windeck.*

Herchen: Dorf in der Gemeinde *Windeck,* Luftkurort.

Hof Gauchel: Hofanlage im Ortsteil *Schöneck* bei *Schladern.*

Hof Scheuren: Auf der *Mercatorkarte* von 1575 verzeichnete Siedlung im Schladerner Feld, möglicherweise einst Rittersitz, da in Dokumenten ein Ritter von Scheuren und ein Bergfried erwähnt werden.

Hof Schladern: synonym Slade, Slader; mittelalterliche Hofanlage am alten Siegarm *Krummauel* in *Schladern,* frühestes Dokument von 1420.

Hof Siegenthal: Hofsiedlung im Schladerner Feld, auf der *Mercatorkarte* von 1575 verzeichnet.

Hof Stein: Am Hals des ehemaligen Umlaufberges *Krummauel* liegender Hof, zu dem der Rittersitz Huen zu Stein gehörte und der 1850 wegen des Wasserfalldurchbruchs abgerissen wurde.

Höhenmotte: mittelalterliche Kleinburg auf Berg- oder Felskuppe.

Höhnrath: Siedlung in der Gemeinde *Windeck.*

Hoppengarten: Dorf in der Gemeinde *Windeck.*

Hurster Berg: Berg zwischen *Rosbach* und Hurst.

Hus, Jan: *um 1370, Theologe und Reformator, aus Böhmen, wurde 1415 beim *Konzil zu Konstanz* als Ketzer verbrannt.

Hussiten: Frühreformatorische Religionsgruppe aus Böhmen-Mähren, gegründet durch Jan *Hus.*

In flagranti: auf frischer Tat.

In situ: an Ort und Stelle.

Johann von Lülsdorp: Amtmann von *Windeck* im ausgehenden 14. und beginnenden 15. Jahrhundert, von dem *Bertram von Nesselrode* den Hof Slade übernahm

Kabelmetall: siehe *Elmores-Kabelmetall.*

Karl der Große: siehe *Carolus Magnus.*

Karolinger: fränkische Königsdynastie ab 751.

Katzengold: synonym: Kupferkies, wie Gold glänzendes Kupfererz

Kloster Ehrenstein: synonym: Liebfrauenthal zu Ehrenstein, 1486 von *Bertram von Nesselrode* und seiner Frau Margarethe von Burscheid gestiftet für den Kreuzherrenorden.

Kolbenberg: Berg zwischen *Dreisel* und *Dattenfeld*

Konzil zu Konstanz: 1414 – 1418 von König Sigismund einberufen, siehe auch: *Hus, Hussiten.*

Krummauel: alte Siegumlaufschleife mit Umlaufberg bei *Schladern*, die durch die Wasserfallsprengung an ihrem Hals 1855 vom Hauptstrom abgeschnitten wurde.

Latènezeit: synonym: vorrömische Eisenzeit, 5. – 1. Jh. v. Chr.; die Latène-Kultur-Forschung befasst sich mit der Hinterlassenschaft vor allem der Kelten.

LKA: Landeskriminalamt.

Löh: Siedlung in der Gemeinde *Windeck*.

Lothringen: aus der Dreiteilung des fränkischen Reiches 843 entstandenes Herzogtum, von dem heute nur noch der südliche Teil als Region Frankreichs übrig geblieben ist.

Luftschutzbunker Elmores: im Zweiten Weltkrieg angelegter Bunker im *Steiner Berg*.

Malachit: grünes Kupfermineral.

Margaretenburg: siehe *Burg Huen zu Stein*.

Martell: hier: renommierte Cognac-Marke.

Massenspektrometer: Gerät zur Messung der Masse von Atomen und Molekülen, wird zur Identifizierung von chemischen Substanzen eingesetzt.

Mauel: Dorf in der Gemeinde *Windeck*.

Maueler Brücke: Straßenbrücke zwischen *Schladern* und *Mauel*.

Mausoleum: Bezeichnung für einen monumentalen Grabbau, die ihren Ursprung im Grabmal des Köngs Mausolos in Hallikarnassos hat; hier: zerfallenes Grabmal der Freiherrin von Rive in *Schladern-Schöneck*.

Mechthild von Sayn: 1203 – 1285, mit Heinrich III. von Sayn verheiratete Gräfin, bedeutende Kirchen- und Klosterstifterin.

Mercatorkarte: 1575 von Arnold Mercator, dem Sohn des berühmten Gerhard Mercator, angefertigte Karte des Amtes Windeck und der Herrschaft Homburg zur Klärung von Grenzstreitigkeiten zwischen dem Herzogtum Berg und der Grafschaft Sayn-Wittgenstein.

Merowinger: älteste fränkische Königsdynastie vom frühen 5. Jahrhundert bis 751.

Mesolithikum: Mittelsteinzeit.

Michaelsberg: Vulkankegel in *Siegburg*, ursprünglich mit Burg-, später mit Klosterbebauung.

Mimikry: in der Biologie: optische Anpassung von Lebewesen an ihre Umgebung zur Tarnung; im übertragenen Sinne jede optische Anpassung.

Morsbach: Gemeinde östlich von *Waldbröl*.

Neandertaler: Frühmenschenspezies aus Europa, Homo sapiens neandertaliensis, lebte von ca. 250.000 – 28.000 v. Chr. in Europa, dem vorderen Orient und Asien (bis nach Kasachstan), vermischte sich im südlichen Europa und dem vorderen Orient mit dem etwa 15.000 Jahre dort gleichzeitig lebenden *Cro-Magnon-Menschen*.

Nebra-Scheibe: 1999 bei Nebra (Sachsen-Anhalt) von Raubgräbern gefundene Bronzeplatte mit Darstellung des astronomischen Himmels aus dem 2. Jahrtausend v. Chr.

Niederungsmotte: mittelalterliche Kleinburg in Flussniederungen, meist Wasserburg.

Nutscheid: Bergrücken zwischen Hennef und *Waldbröl*, Wasserscheide zwischen *Sieg* und Bröl

Oberer und unterer Hof: siehe *Hof Scheuren* u. *Hof Siegenthal.*

Oberlar: Stadtteil von *Troisdorf.*

Obersaal: Siedlung in der Gemeinde *Windeck.*

Öttershagen: Dorf in der Gemeinde *Windeck.*

Oppidum Dornburg: früher große keltische Ringwallburg und Siedlung im Kreis Weilburg im Westerwald, war vom 6. Jahrhundert v. Chr. bis kurz nach der Zeitenwende keltisch besiedelt, heute nur noch in Teilen vorhanden.

Otterstein: großer Felsen mit Steinbruch an der *Sieg* zwischen *Auelsberg* und *Kolbenberg*, bestehend aus oberem und unterem Otterstein.

Ottonen: synonym: Luidolfinger, sächsische Herrscherdynastie, Könige des ostfränkischen Reiches und Kaiser des römisch-deutschen Reiches von 919 – 1024.

Petersberg-Ringwall: keltischer Ringwall auf dem Petersberg im Siebengebirge.

Ponton-Rheinbrücke bei Beuel: zur Verfolgung flüchtender *Eburonen* errichteten die Römer ca. 51 v. Chr. eine Pontonbrücke, die bei Bonn-Beuel über den Rhein geführt haben könnte.

Porta Rhenania: synonym: Einschnitt; steile Talsenke zwischen Schlossberg und *Auelsberg* im Westen von *Schladern*, die dem Ort seinen Namen gab (germ. slade) und die durch den Bau der Bahntrasse 1855 weiter vertieft wurde.

Prallberg: Steilhang an der Außenseite einer starken Flussbiegung.

Quarzit: siliciumhaltiges glasartiges Mineral.

Raubgräberei: illegales Graben nach vermutlich wertvollen Gegenständen in archäologischen Fundstätten; heute oft mittels Metalldetektoren. Die Rechtslage dazu ist je nach Bundesland unterschiedlich (siehe auch *Nebra-Scheibe*)

Regenbogenschüsselchen: keltische Münzen, die aus Gold, Silber oder Elektrum gefertigt wurden und schüsselförmig geformt sind.

Repliken: identische Nachahmungen.

Rennenburg: mittelalterliche Wallburg auf älterer keltischer Ringwallburg, erbaut bei *Winterscheid.*

Rheinisches Landesmuseum:
hier: Rheinisches Landesmuseum Bonn.

Ringwälle bei Stromberg/Alsen: große keltische Ringwallburg zwischen *Alsen* und *Stromberg,* die aus zwei Wallanlagen besteht, von denen eine noch im Mittelalter als Fliehburg benutzt wurde.

Rommen: Dorf in der Gemeinde *Windeck.*

Rosbach: größtes Dorf in der Gemeinde *Windeck.*

Roth: Dorf in der Gemeinde *Windeck.*

Säkularisation: staatl. Einziehung kirchlichen Eigentums im röm.-deutschen Reich unter Napoleon, für rechtsrheinische Gebiete vom Reichsdeputationshauptschluss in Regensburg 1803 beschlossen.

Salier: fränkische Königs- und Kaiserdynastie, die von 1024 – 1125 regierte.

Schladern: drittgrößtes Dorf der Gemeinde *Windeck,* der Name stammt vom germanischen „slade" (= Taleinschnitt).

Schloss Ehreshoven: Stammschloss der Grafen von Nesselrode bei Engelskirchen.

Schloss Windeck: 1859 vom Landrat Oscar Danziger erbautes neugotisches Schlösschen im Gelände der Burgruine der Neuen *Burg Windeck.*

SEK: Sondereinsatzkommando der Polizei.

Schöneck: Siedlung in der Gemeinde *Windeck* bei *Schladern.*

Schönecker Berg: siehe *Auelsberg.*

Sieg: östlicher Nebenfluss des Rheins in Nordrhein-Westfalen, dessen Name vom keltischen „sikkere" (= schnelles Wasser) stammt.

Siegburg: mittelalterliche Stadtsiedlung mit zentraler Burg auf den *Michaelsberg*, heute Kreisstadt des Rhein-Sieg-Kreises.

Siegburger Schnellen: für die Siegburger Töpferzunft typische schmale und hohe Tonkrüge.

Sieglar: Stadtteil von *Troisdorf.*

Siegwasserfall Schladern: durch Sprengung 1855 künstlich am Hals der großen Siegschleife *Krummauel* bei *Schladern* erzeugter Wasserfall, um zwei Brücken für die Eisenbahntrasse einzusparen.

Sonnenkönig: Beiname für König Ludwig XIV. von Frankreich, *1638, †1715.

Spellbähn: synonym: Spielbähn, bürgerlicher Name: Bernhard Rembold aus Eschmar, 1689 – 1783, wurde bekannt durch Spielmannslieder und düstere Prophezeiungen.

Spitzenburg: bis auf die Fundamente abgetragener Rittersitz bei *Dattenfeld* vorm Berg, der im Mittelalter der Familie von der Lippe, genannt Huen, gehörte.

Steiner Berg: Berg zwischen *Schladern* und *Dreisel.*

Stromberg: Dorf in der Gemeinde *Windeck.*

Sugambrer: germanischer Stamm, der zwischen Lippe und Sieg lebte, sich teilweise mit Kelten vermischte und nach der Zeitenwende im Großstamm der Franken aufging.

Swastika: ursprünglich indisches Hakenkreuz-Symbol.

Troisdorf: größte Stadt des Rhein-Sieg-Kreises, an der Sieg gelegen.

Tumulus: in der Archäologie: Schutthügel von historischen Bauten.

Ubier: Germanenstamm, der im Kölner Raum links und rechtsrheinisch siedelte, sich teilweise mit keltischen Stämmen mischte, von *Caesar* in die Gebiete der vernichteten *Eburonen* umgesiedelt wurde und nach der Zeitenwende im Großstamm der *Franken* aufging.

UHU: Verein für „Unabhängige Historische Untersuchungen der Vor- und Frühgeschichte e.V." mit Sitz in Neunkirchen-Seelscheid. Internet: www.geschichts-uhus.de

Umgehungsstraße K7: Anfang der 1980er-Jahre gebaute Kreisstraße zwischen *Schladern* und Leuscheid.

Unstrut: Flüsschen und Weinbaugebiet in Nord-Thüringen und Sachsen-Anhalt.

Usurpator: Eroberer, Gewaltherrscher.

Waldbröl: Stadt im südlichen Oberbergischen Kreis, früher Kreisstadt des Kreises Waldbröl, zu dem auch *Windeck* gehörte.

Waldenser: synonym: Arme von Lyon; vorreformatorische protestantische Kirche, die im 12. Jahrhundert von Petrus Waldes in Südfrankreich gegründet worden war und sich trotz scharfer Verfolgung durch die Amtskirche in Südeuropa und Deutschland ausbreitete.

Waldkrankenhaus: siehe *Auguste Viktoria Stift*.

Wasserkraftturbine Elmores: bei der Sprengung des Siegwasserfalls 1855-57 durch den Felsen gebrochene Turbinenanlage mit Generator zur Stromgewinnung, war ausschlaggebend für die Ansiedelung des Kupferrohrwerkes *Elmores*.

Westert: Nebenflüsschen der Sieg östlich von *Schladern*.

Wiener Kongress: entschied 1814/1815 die territoriale Neuordnug Europas nach dem Untergang des Napoleonischen Kaiserreiches.

Windeck: Großgemeinde im östlichen Rhein-Sieg-Kreis, die nach der Burgruine Windeck und dem sie umgebenden Dorf Windeck, heute Alt-Windeck, benannt wurde.

Winterscheid: großes Dorf in der Gemeinde Ruppichteroth.

Wüstung: Untergegangenes Gebäude oder Siedlung, wovon allenfalls noch Fundamente verblieben sind.

Zauberberg: hier: 1. Film nach dem gleichnamigen Roman von Thomas Mann mit der Tuberkulose-Klinik in Davos als Schauplatz; 2. Bestandteil des Vereinsnamens „Gemeinnütziger Förderverein Zauberberg e.V." mit Sitz in *Windeck*. Der Versuch des Vereins, die ehemalige Kölner Tuberkulose-Klinik Auguste-Viktoria-Stift in Rosbach mit Mehrgenerationenwohnen, Kleingewerbe, Kunst und Kultur sowie Gastronomie und Hotelerie einer neuen Nutzung zuzuführen, ist mit der Auflösung des Vereins im November 2013 gescheitert (Stand: August 2015).

Tipps für die Zeit nach diesem Buch

Lesen ...

Bert Brune

Der Stadtwanderer
Eine Runde Köln. Gedichte, Bilder, Randnotizen

Die Gedichte und Notizen von Bert Brune geben die Atmosphäre in Cafés wieder, aber auch in Kirchen und von Plätzen, an denen man sich aufhält, wenn man in der Stadt unterwegs ist und mal Pause macht.

Der Stadtwanderer huldigt den Oasen inmitten von Lärm und Hektik: für alle, die solche Orte und eine unaufgeregte Alltags-Poesie zu schätzen wissen.

Bert Brune: *Der Stadtwanderer*
Eine Runde Köln. Gedichte, Bilder, Randnotizen
Neuerscheinung 2015. ISBN 978-3-943580-14-3. 19,80 Euro

... als Spaziergang.

In seinem Romandebüt nimmt Picasso kein Blatt vor die Schnauze. Der Corgi träumt zwar von Elfen, aber redet Klartext. Über seine gelegentliche Eigensinnigkeit und Tollpatschigkeit. Und die Gefahren, in die er sich damit begibt. Doch was zählt das schon, wenn man Freunde gewinnt, Feinde bezwingt und eine Königin zum Lachen bringt?

The Queen's Dog. Die fantastischen Abenteuer eines Corgi, erzählt von ihm selbst. Aufgezeichnet v. Baya und Jörg Bruchmann. ISBN 978-3-943580-13-6. 18,90 Euro

Der Mord an einem Kollegen bringt manches ans Tageslicht, was die ansonsten so dienstbeflissene Leitung des Kleinstadtgymnasiums in Rheinhessen lieber für sich behalten hätte. Mit beißendem Spott beschreibt der Mathe- und Chemielehrer, wie sehr ihm das Dienern, Mobben und Bespitzeln im Schulalltag zuwider ist – und wie ihm Schüler helfen, den Fall zu lösen.

Volker Venzlaff (†): *Veilchen für die Bodenvase*
Kriminalroman. ISBN 978-3-943580-09-9. 10,00 Euro

Herthastr. 56, 50969 Köln, Internet: www.rr-verlag.de

135

Der Autor

Dr. Frieder Döring, geboren am 24.12.1942 als Hans Friedrich Heinrich Franz Georg Döring in Dattenfeld an der Sieg (heute Ortsteil von Windeck), wurde schon von Kindheit an Frieder genannt und hat diese schlesische (friederizianische) Abkürzung dann als Autorenname beibehalten. Aufgewachsen in Windeck-Schladern, machte er sein Abitur in Waldbröl und studierte in Freiburg, Bonn und Düsseldorf Medizin; Promotion 1970 in Aachen. Nach der Facharztausbildung in Düsseldorf ließ sich Döring 1973 in Troisdorf als Hautarzt nieder und arbeitete dort bis Ende 2005. Dann zog er mit seiner Familie wieder nach Windeck-Schladern. Frieder Döring ist verheiratet, Vater von sechs Kindern und Großvater von zehn Enkeln.

Neben seiner Tätigkeit in einer großen Gemeinschaftspraxis arbeitete Döring von 1992 bis 2002 aktiv in Urlaubseinsätzen im Komitee „Ärzte für die Dritte Welt" (heute „German Doctors") mit: zwei Mal auf den Philippinen und sieben Mal in Paraguay. Als Autor widmete er sich sowohl zahlreichen wissenschaftlichen Publikationen wie auch einer Reihe von literarischen Werken (Erzählungen, Romane, Gedichte, Theaterstücke), die er großenteils in dem von ihm zusammen mit Bert Brune und Heinz Schüssler gegründeten Kölner Wolkenstein-Verlag veröffentlichte. – Nach „Eburonengold" (2013) ist im Oktober 2015 mit „Codex Wolkenstein" Frieder Dörings zweiter Windeck Historien-Krimi im Roland Reischl Verlag erschienen (siehe S. 134).

Danksagung

Für den Grundstock an Geschichten und Geschichtsinformationen aus dem Windecker Ländchen danke ich den Heimatforschern Emil Hundhausen und Heinz Patt, der Dichterin Auguste Peters und ihrer Tochter Dorothea Brökelschen, sowie für viele lokale Details und anregende Gespräche meinem Schulfreund Konrad Höffer, dem Ehepaar O. und dem Ehepaar C.